Cena de um crime

OBRAS DO AUTOR PUBLICADAS PELA EDITORA RECORD

Cena de um crime
Flores da ruína
Primavera de cão
Remissão da pena

Patrick Modiano

Cena de um crime

Tradução de
Ivone Benedetti

1ª edição

EDITORA RECORD
RIO DE JANEIRO • SÃO PAULO
2023

CIP-BRASIL. CATALOGAÇÃO NA PUBLICAÇÃO
SINDICATO NACIONAL DOS EDITORES DE LIVROS, RJ

M697e Modiano, Patrick,
   Cena de um crime / Patrick Modiano; tradução Ivone Benedetti.
   – 1. ed. – Rio de Janeiro: Record, 2023.

   Tradução de: Chevreuse
   ISBN 978-65-5587-702-1

   1. Ficção francesa. I. Benedetti, Ivone. II. Título.

21-83064   CDD: 843
                            CDU: 82-3(44)

Meri Gleice Rodrigues de Souza – Bibliotecária – CRB-7/6439

Título original: Chevreuse
Copyright © Éditions Gallimard, Paris, 2021

Texto revisado segundo o Acordo Ortográfico da Língua Portuguesa de 1990.

Todos os direitos reservados. Proibida a reprodução, no todo ou em parte, através de quaisquer meios. Os direitos morais do autor foram assegurados.

Direitos exclusivos de publicação em língua portuguesa somente para o Brasil adquiridos pela
EDITORA RECORD LTDA.
Rua Argentina, 171 – Rio de Janeiro, RJ – 20921-380 – Tel.: (21) 2585-2000, que se reserva a propriedade literária desta tradução.

Impresso no Brasil

ISBN 978-65-5587-702-1

Seja um leitor preferencial Record.
Cadastre-se no site www.record.com.br
e receba informações sobre nossos
lançamentos e nossas promoções.

Atendimento e venda direta ao leitor:
sac@record.com.br

Para Dominique

Quantos nomes não gravei
na memória, "cão" e "vaca"
e "elefante".
Faz já tanto tempo, só os
reconheço de longe,
e até a zebra — ai, tudo
isso para quê?

RAINER MARIA RILKE

Bosmans estava lembrado que uma palavra, Chevreuse, voltava à baila na conversa. E, naquele outono, a rádio tocava com frequência uma canção interpretada por certo Serge Latour. Ele a ouvira no restaurantezinho vietnamita deserto, numa noite em que estava na companhia daquela que era chamada de "Caveira".

Douce dame
Je rêve souvent de vous...

Naquela noite, "Caveira" tinha fechado os olhos, aparentemente perturbada pela voz do intérprete e pela letra da canção. Aquele restaurante, com o rádio sempre ligado sobre o balcão, estava localizado numa das ruas entre Maubert e o Sena.

Outras palavras, outros rostos e até mesmo versos, que ele tinha lido na época, chocavam-

-se em sua cabeça — versos tão numerosos, que ele não conseguia anotar todos:

"La boucle de cheveux châtains..." "... Du boulevard de la Chapelle, du joli Montmartre et d'Auteuil..."

Auteuil. Nome que soava de maneira engraçada para ele. Auteuil. Mas como pôr em ordem todos esses sinais e chamados em código Morse, vindos de uma distância de mais de cinquenta anos, e encontrar um fio condutor para eles?

Ele ia anotando os pensamentos que lhe atravessavam a mente. Em geral pela manhã ou no fim da tarde. Bastava um detalhe que teria parecido ridículo a outro que não ele. Era isso: um detalhe. A palavra "pensamento" não convinha em absoluto. Era solene demais. Numerosos detalhes acabavam enchendo as páginas de seu caderno azul e, à primeira vista, não tinham ligação uns com os outros e, em sua brevidade, teriam sido incompreensíveis para algum eventual leitor.

Quanto mais eles se acumulavam nas páginas em branco, parecendo-lhe descosturados, maiores as chances depois — ele tinha certeza — de pôr tudo às claras. E o caráter aparentemente fútil deles não devia desanimá-lo.

Seu professor de filosofia lhe confidenciara um dia que os diferentes períodos de uma vida — infância, adolescência, maturidade, velhice — também correspondem a várias mortes sucessivas. O mesmo ocorria com os fragmentos de lembranças que ele tentava anotar o mais rápido possível: algumas imagens de um período de sua vida que ele via desfilar aceleradamente antes de desaparecerem em definitivo no esquecimento.

Chevreuse. Esse nome talvez atraísse outros nomes, como um ímã. Bosmans repetia em voz baixa: "Chevreuse." E se ele segurasse o fio que possibilitasse trazer a si toda uma bobina? Mas por que Chevreuse? De fato, existia a duquesa de Chevreuse, que figurava nas *Memórias* do cardeal de Retz, que fora um de seus livros de cabeceira durante muito tempo. Um domingo de janeiro daqueles anos longínquos, descendo de um trem lotado que voltava da Normandia, ele tinha esquecido no banco da cabine o volume em papel-bíblia e capa branca e sabia que nunca se consolaria daquela perda. Na manhã seguinte, tinha ido à estação Saint-Lazare e vagara pelo saguão, pela galeria comercial e acabara descobrindo o escritório de achados e perdidos. O homem do balcão lhe entregara imediatamente o volume das *Memórias* do cardeal de Retz, intacto, tendo, claramente visível, o marcador vermelho no local em que ele interrompera a leitura no dia anterior, no trem.

Ele saíra da estação enfiando o livro num dos bolsos do casaco, por medo de perdê-lo de novo. Uma manhã ensolarada de janeiro. A terra continuava girando, e os transeuntes, caminhando com seus passos tranquilos ao seu redor — pelo menos em sua lembrança. Passada a Igreja da Trindade, ele chegava, embaixo, àquilo que chamava "as primeiras ladeiras". Agora bastava seguir o caminho habitual, subindo em direção a Pigalle e Montmartre.

Numa das ruas de Montmartre daqueles anos, em certa tarde ele cruzara com Serge Latour, aquele que cantava "Douce dame". Esse encontro — apenas alguns segundos — tinha sido um detalhe tão ínfimo em sua vida, que Bosmans se surpreendia por ele ter voltado à sua memória.

Por que Serge Latour? Ele não lhe dirigira a palavra e, para começar, o que é que poderia ter-lhe dito? Que uma amiga, "Caveira", costumava cantarolar sua música "Douce dame"? E perguntar-lhe se, para o título dessa canção, ele não teria se inspirado num poeta e músico medieval chamado Guillaume de Machaut? Três discos quarenta e cinco rotações da Polydor no mesmo ano. A partir daí, ele não sabia por onde andava Serge Latour. Pouco depois desse encontro furtivo, ele tinha ouvido alguém em

Montmartre dizer que Serge Latour "estava viajando por Marrocos, Espanha e Ibiza", como era comum fazer-se então. E essa observação, na zoada das conversas, ficara suspensa para a eternidade, e ele a ouvia ainda hoje, depois de cinquenta anos, com tanta nitidez quanto naquela noite, proferida por uma voz que permaneceria anônima para sempre. Sim, afinal por onde andava Serge Latour? E aquela amiga estranha, apelidada de "Caveira"? Pensar nessas duas pessoas bastava para tornar ainda mais perceptível a poeira, ou melhor, o cheiro do tempo.

Na saída de Chevreuse, uma curva, depois uma estrada estreita, margeada por árvores. Após alguns quilômetros, a entrada de uma cidadezinha e em seguida se estava andando ao longo de uma ferrovia. Mas passavam pouquíssimos trens. Um, por volta das cinco da manhã, que era chamado "trem das rosas", porque transportava essa variedade de flor dos viveiros da região para Paris; o outro trem, às vinte e uma horas e quinze minutos em ponto. A estaçãozinha parecia abandonada. À direita, em frente à estação, uma ladeira arborizada, que passava por um terreno baldio, levava à rue du Docteur-Kurzenne. Um pouco mais à esquerda, nessa rua, a fachada da casa.

No antigo mapa do estado-maior*, as distâncias não correspondiam às lembranças de Bosmans. Em suas lembranças, Chevreuse não ficava tão longe da rue du Docteur-Kurzenne

---

* Mapa da França estabelecido no século XIX pelos serviços do estado-maior, destinado a traçar caminhos para uso das operações militares de infantaria. (*N. da T.*)

quanto no mapa. Atrás da casa da rue du Docteur-Kurzenne, três pomares em espaldeira. Na parede do perímetro do pomar mais alto abria-se um portão de ferro enferrujado, dando para uma clareira e, depois, uma propriedade que se dizia ser do castelo de Mauvières, a poucos quilômetros dali. E, muitas vezes, Bosmans tinha ido bem longe, pelas trilhas da floresta, mas sem nunca chegar ao castelo.

Se o mapa do estado-maior contradizia sua memória do lugar, provavelmente era porque ele tinha passado várias vezes pela região em períodos diferentes de sua vida, e o tempo acabara encurtando as distâncias. Aliás, dizia-se que o guarda de caça do castelo de Mauvières outrora habitara a casa da rue du Docteur-Kurzenne. Por isso, aquela casa sempre tinha sido para ele uma espécie de posto de fronteira, pois a rue du Docteur-Kurzenne marcava os limites de um domínio, ou melhor, de um principado de florestas, lagoas, bosques, parques, chamado: Chevreuse. Ele tentava reconstruir à sua maneira uma espécie de mapa do estado-maior, mas com lacunas, brancos, aldeias e estradinhas que já não existiam. Os trajetos voltavam aos poucos à sua memória. Um deles, em especial, parecia-lhe bastante preciso. Um trajeto de carro, cujo ponto de partida era um apartamento nas imediações da porte d'Auteuil. Algumas pessoas se reuniam ali no final da tarde e muitas vezes noite adentro. Aqueles que, à primeira vista, moravam lá permanentemente eram um homem de uns quarenta anos, um menino que devia ser seu filho e uma moça que trabalhava como governanta. Esta e a criança ocupavam o quarto dos fundos do apartamento.

Cerca de quinze anos depois, Bosmans acreditara reconhecer esse homem, um pouco envelhecido, sozinho, através da vidraça de um restaurante Wimpy na Champs-Élysées. Ele entrara no restaurante e sentara-se ao lado do homem, como se fazia com frequência em self--services. Gostaria muito de lhe pedir algumas explicações, mas ele sofria de repentina falta de memória: já não se lembrava de seu nome. Aliás, a alusão ao apartamento de Auteuil e às pessoas que Bosmans ali encontrara no passado expunha ao risco de constranger aquele homem. E a criança, o que era dela? E da moça chamada Kim? Naquela noite, no Wimpy, um detalhe atraíra sua atenção: o homem usava no pulso um relógio grande com vários mostradores, do qual Bosmans não conseguia desviar o olhar. O outro percebeu e pressionou um botão, na parte inferior do relógio, que acionou uma ligeira campainha, que provavelmente servia de despertador. Ele lhe sorria, e seu sorriso, aquele relógio e aquela campainha evocaram para ele uma lembrança de infância.

Quem o levou certa noite ao apartamento de Auteuil foi "Caveira". Esse apelido, que ela tinha muito antes que ele a conhecesse, lhe fora dado por causa de seu sangue-frio e porque ela ficava muitas vezes taciturna e impenetrável.

Com sua voz suave, ela às vezes dizia para se apresentar: "Pode me chamar de 'Caveira'." Seu verdadeiro nome era Camille. E, sempre que pensava nela, Bosmans hesitava em escrever Camille ou "Caveira". Preferia Camille.

No início, ele não entendia bem o que ligava todas as pessoas que via no apartamento de Auteuil. Será que se encontravam lá graças à "rede", um número de telefone sem assinante pelo qual várias vozes, sob pseudônimo, marcavam encontros? Camille, vulgo "Caveira", lhe falara daquela "rede" e do número de telefone sem assinante AUTEUIL 15.28 que, por estranha coincidência, era, dissera-lhe, o número antigo do apartamento. E este, apesar da presença fugaz da criança e da moça no quarto dos fundos, não parecia totalmente habitado, mas sim servir como um ponto de encontro e local destinado a breves reuniões.

Entre as pessoas reunidas na sala, aposento mobiliado com três grandes sofás muito baixos, com uma porta dupla que, curiosamente, se abria para uma sala de banhos, entre as pessoas que não eram mais que sombras em sua lembrança, por causa da luz sempre muito fraca do apartamento, Camille, vulgo "Caveira", apresentara-lhe uma amiga, certa Martine Hayward, que ela parecia conhecer de longa data.

Era uma tarde de fim de verão, e o dia se prolongaria até dez horas da noite. Os três tinham deixado o apartamento. Um carro estava estacionado um pouco mais acima na rua, o carro de Martine Hayward. "Caveira" sentara-se ao volante. Esse apelido não lhe cabia realmente, mas ela fazia questão de conservá-lo por causa de certo humor negro de que era dotada.

— Não se incomoda se formos para o lado do vale de Chevreuse? — dissera-lhe Martine Hayward, sentada no banco de trás ao lado dele. — Só ir e voltar.

Durante grande parte do trajeto, Camille ficara em silêncio.

— Entramos no vale de Chevreuse — dissera Camille, naquele final de tarde, voltando-se para ele.

A paisagem tinha mudado como se tivessem cruzado uma fronteira. E, depois disso, cada vez que ele fizesse o mesmo itinerário de Paris à porte d'Auteuil, teria a mesma sensação: a de deslizar para uma área fresca, protegida do sol pela folhagem das árvores. E, no inverno, por causa da neve mais abundante que em outros lugares naquele vale de Chevreuse, tinha-se a impressão de seguir trilhas de montanhas.

A poucos quilômetros de Chevreuse, Camille, vulgo "Caveira", entrara numa estradinha vicinal, em cujo início havia uma placa de madeira com a seguinte inscrição meio apagada: "Pousada Moulin-de-Vert-Cœur". Uma seta indicava a direção.

Ela estacionara o carro em frente a uma grande construção de enxaimel. Em sua lateral, um salão de restaurante com janelões envidraçados do teto ao chão. Martine Hayward saíra do carro.

— Volto logo.

Camille e ele tinham ficado um tempo em seus lugares. E, como Martine Hayward demorava a voltar, saíram também do carro.

Camille lhe tinha explicado que o marido de Martine Hayward dirigia aquela pousada Moulin-de-Vert-Cœur, mas o estabelecimento tinha entrado em decadência — excesso de complicações administrativas e custos de manutenção, dívidas, hóspedes insuficientes e, em todo caso, o marido de Martine Hayward não tinha nada de hoteleiro ou dono de restaurante profissional. Foi preciso fechar o hotel e, depois, o restaurante. Não passava de um edifício deteriorado, com jeito de vila normanda perdida no fundo do vale de Chevreuse. Faltava uma vidraça num dos janelões do restaurante.

Bosmans tinha feito perguntas a Camille sobre aquele Hayward, mas ela lhe respondia de maneira evasiva. Naquela época, ele estava no exterior e voltaria em breve à França. Durante sua ausência, era difícil para Martine Hayward ficar sozinha naquele grande prédio abandonado. Camille ofereceu-se para ficar com ela, num dos quinze quartos vazios, até que o marido voltasse, mas entrementes Martine Hayward encontrara uma casinha para alugar nas proximidades.

Ela reaparecia, com uma mala preta de couro na mão, e pousava a mala diante da entrada, para dar uma volta de chave na porta da frente, de madeira maciça, como se fosse a última cliente, responsável por fechar para sempre a pousada Moulin-de-Vert-Cœur.

Camille retomou seu lugar ao volante. E Martine Hayward, no banco de trás, ao lado dele.

— Agora eu vou lhe mostrar o caminho — dissera ela.

Era preciso voltar à estrada e segui-la para leste até Toussus-le-Noble. De repente, pareceu a Bosmans que esse nome era familiar, sem que ele soubesse muito bem por quê. Quando passaram pelo aeródromo, tudo se esclareceu. O nome "Toussus-le-Noble" lembrou-lhe um show aéreo a que tinha assistido num domingo da infância. A menos que fosse em Villacoublay, o outro aeródromo, bem próximo. Ele não tinha na mente o mapa preciso da região, mas, para ele, os dois aeródromos marcavam a fronteira do vale de Chevreuse. Aliás, depois de Toussus-le-Noble, a luz já não era a mesma, e entrava-se em outra região, que tinha o vale de Chevreuse na retaguarda.

— Mais um pequeno desvio e voltamos para Paris — dissera-lhe Martine Hayward, como que se desculpando.

Chegaram a Buc. O coração de Bosmans palpitou. Aquele nome que ele tinha esquecido, nome tão breve e tão claro, parecia-lhe despertá-lo subitamente de um longo sono. Sentiu vontade de contar que tinha morado por ali, mas aquilo não lhes dizia respeito.

Na entrada da cidadezinha seguinte, Bosmans reconheceu imediatamente o prédio da prefeitura e a passagem de nível. "Caveira" cruzou a passagem e enveredou pela rua principal até a praça da igreja. Parou em frente à igreja, onde ele tinha sido coroinha, numa noite de Natal. Martine Hayward disse que era melhor dar meia-volta e seguir os trilhos da ferrovia. Acabariam por encontrar a estação e o caminho, em frente, como lhe tinha sido indicado.

O jardim público margeava os trilhos. As barreiras de concreto e o pequeno bosque que os separavam da estrada não tinham mudado. Bosmans voltara para quinze anos antes, como se um período de sua infância fosse recomeçar. No entanto, o jardim público era muito menor que o de suas lembranças, aonde o levavam para brincar durante as férias, no verão, ao anoitecer. A estação também lhe pareceu minúscula, e sua fachada decrépita o fez entender que o tempo tinha passado.

Camille entrou com o carro na ladeira arborizada. Então, ele sentiu o coração bater. À esquerda, o terreno baldio ainda merecia o nome de "floresta virgem", como no tempo em que ele ali se embrenhava até se perder, com seus colegas da escola Jeanne-d'Arc. A vegetação estava ainda mais densa.

Ela parou o carro na esquina da rue du Docteur-Kurzenne. Uma mulher de blusa preta estava esperando em frente ao portão de ferro e às grades do número 38. Martine Hayward acenava-lhe e caminhava em sua direção. A mulher tinha uma pasta debaixo do braço. Por sua vez, Camille saía do carro e ele ficava sentado no banco de trás. Mas, quando viu a mulher puxar um molho de chaves da bolsa e abrir o portão de ferro, decidiu juntar-se a elas. Assim, ele ia tirar a limpo. Repetia para si mesmo a expressão "tirar a limpo", para entender o que ela realmente significava e talvez também para ganhar coragem.

Martine Hayward apresentava-o à mulher de blusa preta: "Um amigo, Jean Bosmans"; e Camille virava-se para ele sorrindo: "É a senhora da imobiliária." Mas o fato de estar diante daquela casa depois de tantos anos causava-lhe ligeiro aturdimento.

Ele as seguia até os degraus da entrada. Com uma volta na chave, a mulher de blusa preta abria a porta de entrada, que não tinha mudado em quinze anos. Sempre a mesma cor azul-pálida e, no centro, a fenda de metal dourado da caixa de correio. Ela se apartava para dar passagem a Camille e Martine Hayward. E a ele também. Ele hesitou alguns segundos antes de dizer-lhes que esperaria fora.

Viu-se sozinho, do outro lado da rua, em frente à casa. Quase sete horas da noite. O sol estava bem forte, como no final daqueles dias de verão, quando ele brincara na grande extensão de capim alto, em torno do castelo em ruínas, e seguido a rua na volta para casa. Naqueles fins de tarde, o silêncio era tão profundo ao seu redor, que ele ouvia os estalidos regulares das sandálias na calçada.

Tinha retornado sob o mesmo sol e no mesmo silêncio. Gostaria de ter-se juntado às outras três na casa, mas não tinha coragem. Ou de caminhar alguns metros pela ladeira para verificar se o salgueiro-chorão ainda ocupava o mesmo lugar atrás do grande portão à esquerda, mas preferia esperar lá, imóvel, em vez de andar sem rumo numa cidadezinha abandonada. Ademais, acabava por se convencer de que estava sonhando, como se sonha com certos lugares onde já se morou. E esse sonho ele, felizmente, podia interromper no momento que quisesse.

As três estavam saindo da casa; a mulher de blusa preta na frente. E ele sentiu uma súbita preocupação: estava assistindo ao fim de uma diligência de busca, e elas não sabiam que ele morava lá. Caso contrário, elas lhe teriam pedido explicações. Mas Camille acenava para ele, sorrindo. Tratava-se apenas de uma visita banal a uma casa para alugar, que não era a do passado. Deviam ter mudado a disposição dos quartos, derrubado divisórias e pintado as paredes de outra cor. E, nessa casa, não restava mais nenhum vestígio dele.

A mulher de blusa preta acompanhava-os até o carro, estacionado na esquina. Entregava sua pasta e um molho de chaves a Martine Hayward, indicando qual porta era aberta por cada chave. Chaves novas, menores que as de antigamente. Portanto, não abriam as mesmas portas. As chaves antigas estavam perdidas. "Caveira", Martine Hayward e a mulher de blusa preta nunca saberiam de nada.

Na volta, Camille dirigia novamente. Ia falando da casa e dos diferentes aposentos. Martine

Hayward se perguntava se deveria instalar--se no térreo, porque o "quarto" lá era mais espaçoso que os outros. No entanto, Bosmans não se lembrava de nenhum quarto no térreo. A porta de entrada abria-se para um corredor. No final deste, a escada. À direita, a sala de estar e sua janela saliente. À esquerda, a sala de jantar. Elas também falavam dos três pomares em espaldeira atrás da casa. Logo, eles ainda existiam. E o poço no pátio interno? E o túmulo do doutor Guillotin no primeiro pomar? Ele de repente sentia vontade de lhes fazer perguntas, mas esforçava-se por não pronunciar uma única palavra. Como elas reagiriam quando soubessem que ele tinha morado naquela casa? Por que dariam importância a isso? Tudo aquilo era extremamente banal. Exceto para ele.

O caminho não era o mesmo da ida. Não se atravessava o vale de Chevreuse, seguia-se ao lado do aeródromo de Villacoublay por uma estradinha. E esse caminho lhe fora tão familiar quinze anos antes — caminho que ele seguia de carro, ônibus e até a pé, mais tarde, quando fugiu do internato —, que teve a impressão de que tudo recomeçava, sem que ele pudesse definir muito bem o quê. Nunca haveria nada de novo em sua vida. Mas o medo que ele sentia pela primeira vez já havia se dissipado na altura de Petit-Clamart.

— Você deveria ter vindo com a gente ver a casa — diz Martine Hayward. — Não é, Camille?

— É, sim, eu não entendi por que ficou sozinho na rua.

Apesar de um número tão grande de anos, ele ainda ouvia Camille dizer com sua voz doce e arrastada a frase de cujas palavras exatas se lembrava: "Eu não entendi por que ficou sozinho na rua." Essas palavras decerto não o impressionaram no momento, mas o eco delas ressoava em sua memória e correspondiam a uma atitude, ou melhor, a uma maneira de ser, que tinha sido dele desde a infância e muito tempo depois, talvez mesmo até hoje.

Ele não encontrara nada para responder a Martine Hayward nem a Camille, e Martine Hayward o fixara com um olhar esquisito, pelo menos assim ele acreditara naquele momento. Ela havia posto no banco, entre os dois, a pasta entregue pela mulher de blusa preta. Em Boulogne, Camille freou bruscamente para não passar o sinal vermelho. A pasta escorregou do banco, e suas folhas se espalharam. Ele as recolheu uma a uma e, como estavam numeradas, recolocou-as em ordem. Viu que era o contrato de locação da casa com uma lista. No cabeçalho da primeira página, o nome da imobiliária e de sua diretora, que devia ser a mulher de blusa preta. Mas outro nome que figurava naquela página saltou-lhe aos olhos, o da proprietária: ROSE-MARIE KRAWELL. Portanto, ela ainda estava viva, e a casa continuava sendo dela. Essa constatação causou-lhe tal perturbação, que ele gostaria de falar com elas a respeito. Mas o que exatamente dizer? E como isso poderia interessar-lhes?

Ele entregou a pasta vermelha a Martine Hayward depois de organizar as folhas. Ela agradeceu-lhe, mas olhou de novo para ele daquele jeito esquisito.

— Conhece a proprietária? — disse ele abruptamente.

E de imediato se arrependeu de ter feito a pergunta, como alguém que se recrimina por ter perdido o sangue-frio.

— A proprietária? Não. Por quê?

Martine Hayward respondera em tom seco. Aparentemente, a pergunta que ele acabava de fazer a incomodava.

— Acho que quem a conhece é René-Marco — dissera "Caveira". — Parece que era amiga dele.

— Você deve ter razão. De qualquer forma, foi René-Marco que me indicou a imobiliária.

E depois houve entre os três um longo silêncio que ele tentou romper, mas não encontrava palavras. Pararam na porte Molitor, fronteira entre Boulogne e Auteuil, e ele lembrou que tinha nascido ali. Na semana anterior, ele tinha ido buscar uma certidão de nascimento de que precisava na prefeitura de Boulogne-Billancourt. Decididamente, nos últimos dias, o passado lhe mandava lembranças, passado que ele esquecera por longo tempo. Em Auteuil, Camille estacionou o carro bem diante da porta do prédio cujo apartamento ocupava o segundo ou o terceiro andar. Eram nove horas da noite, mais ou menos, porém ainda havia luz do sol. Parecia que elas hesitavam em sair do carro.

— Você vai dormir na casa do René-Marco?

— Vou — respondera Martine Hayward.

O apartamento, portanto, era de alguém chamado René-Marco? Certamente o homem de uns quarenta anos que mais tarde ele ficaria sabendo ser o pai da criança, a criança que ocupava o quarto dos fundos.

—Então, hoje à noite, fico com você—disse Camille a Martine Hayward.

Ela abrira o porta-malas do carro e ele pegara a mala preta de Martine Hayward. Depois entraram no prédio. Camille não gostava de pegar elevador, pois temia que ele parasse de repente entre dois andares—sonho, ou melhor, pesadelo que tinha com frequência, como ela havia dito. E desconfiava daquele que levava ao apartamento de Auteuil, elevador antiquado, com uma porta de duas folhas envidraçadas e muito lento. No andar do apartamento, ela lhe perguntara:

—Você vem conosco?

—Não. Hoje não.

E, quando o chamado René-Marco abrira a porta, Bosmans ouvira uma zoada de conversas e até distinguira, no fundo, na sala de estar, algumas silhuetas. Ele tinha recuado ligeiramente e entregado a mala de Martine Hayward a Camille.

—É pena que não fique—dissera-lhe Martine Hayward, apertando sua mão de maneira insistente. — Outra noite, talvez?

E "Caveira" lhe sorrira com ar irônico. A porta se fechara atrás delas e daquele que chamavam de René-Marco. Ele soltara um suspiro de alívio e descera as escadas para finalmente respirar ao ar livre. A noite caía, e ele andava a esmo pelas ruas de Auteuil. Agora se arrependia de não ter visitado a casa com elas, pois teria feito perguntas à mulher da blusa preta — perguntas aparentemente anódinas, mas as respostas talvez lhe tivessem informado alguma coisa. Se aquele que chamavam de René-Marco conhecia Rose-Marie Krawell, ela frequentava o apartamento de Auteuil? Ele a via evoluindo na sala, entre aquelas pessoas que para ele eram apenas silhuetas, que — conforme "Caveira" lhe dera a entender em tom de brincadeira —, em sua maioria, viam-se lá pela primeira vez na vida e nem todas eram muito recomendáveis.

Ele mesmo guardava uma lembrança bastante nebulosa de Rose-Marie Krawell, lembrança de infância. Naquele tempo, era frequente ela passar alguns dias na casa da rue du Docteur-Kurzenne, quando ocupava o grande quarto do primeiro andar, que ficava vazio em sua ausência. Ele se perguntava se Martine Hayward poderia ter conhecido Rose-Marie Krawell. Ela olhara para ele com um jeito esquisito e respondera em tom seco quando ele lhe perguntara: "Conhece a proprietária?"

No fundo, ele não deveria ter-se despedido de Camille e Martine Hayward há pouco, e sim tentado saber mais sobre as pessoas que se reuniam na sala do apartamento, nem que fosse para conhecer seus nomes.

Estava indo pela rue Michel-Ange e entrou num café onde as cadeiras já estavam sendo postas sobre as mesas. Pediu uma ficha de telefone e discou o número da "rede" que Camille lhe dera — AUTEUIL 15.28 —, dizendo que era o número antigo do apartamento. Vozes de homens e mulheres respondiam umas às outras: Cavaleiro azul chama Alcibiade. Avenue de Wagram, 133, 3º andar. Paul vai encontrar Henri esta noite no Louis du Fiacre. Jacqueline e Sylvie estão esperando no Les Marronniers, rue de Chazelles, 27... Vozes distantes, muitas vezes abafadas por chiados, parecendo vozes de além-túmulo. Depois de desligar, ele sentiu, como antes ao sair do prédio, alívio por se encontrar ao ar livre.

Talvez tivesse acabado de ouvir ao telefone, entre as outras vozes e sem reconhecer, a voz de Rose-Marie Krawell. Pela primeira vez em quinze anos, o nome daquela mulher lhe ocupava a mente, e tal nome certamente arrastaria atrás de si a lembrança de outras pessoas que ele tinha visto em torno dela, na casa da rue du Docteur-Kurzenne. Até então sua memória, no que se referia àquelas pessoas, tinha passado por longo período de hibernação, mas, pronto, acabou-se, os fantasmas não receavam ressurgir para a luz do dia. Quem sabe? Nos anos seguintes, eles ainda lhe mandariam lembranças, à maneira dos chantagistas. E, não podendo reviver o passado para corrigi-lo, o melhor meio de torná-los definitivamente inofensivos e mantê-los à distância seria transformá-los em personagens de romance.

Naquela noite, ele responsabilizava Camille e Martine Hayward pelo retorno daqueles fantasmas. A visita que tinham feito à casa da rue du Docteur-Kurzenne era coincidência? Havia certamente um elo, por mais tênue que fosse, entre elas e o nome Rose-Marie Krawell, escrito com todas as letras na primeira página de um contrato de imobiliária, no qual também figurava o de Martine Hayward. Mas nada disso tinha muita importância. E, aliás, quando era uma criança da rue du Docteur-Kurzenne, ele nunca se fizera perguntas sobre as pessoas que o cercavam e nunca tinha tentado entender o que fazia lá, entre elas. Eram elas, ao contrário, depois de quinze anos, que deveriam desconfiar dele. Poderiam achar que ele tinha sido uma espécie de testemunha, e até uma testemunha incômoda. Lembrou-se do título de um filme italiano que tinha visto na cinemateca de Chaillot: *I bambini ci guardano.**

Não tinha notado que andara quase quarenta e cinco minutos por Auteuil, até chegar a uma das fronteiras do bairro, às margens do Sena, e que tinha feito o caminho de volta. Agora estava escuro. Ele seguia por uma ruazinha, bem próxima do apartamento do tal René-Marco, a cuja porta acompanhara Camille e Martine Hayward. Perguntou-se se não devia pegar o elevador das folhas envidraçadas, tão vagaroso na subida, que Camille temia a sua parada entre dois andares. Gostaria de tirar a limpo: AUTEUIL 15.28 era realmente um número sem assinante, como Camille lhe explicara, ou continuava sendo o do apartamento? E se algumas vozes que ele ouvira depois de discar

---

* Lit.: As crianças nos olham. No Brasil, esse filme de Vittorio De Sica recebeu o título *A culpa dos pais*. (*N. da T.*)

AUTEUIL 15.28, parecidas com vozes do além, fossem das pessoas que ele avistara na sala? Da primeira vez que Camille o levara lá, ele talvez tivesse cruzado com Rose-Marie Krawell, mas, depois de quinze anos, seria possível que os dois se reconhecessem? Dez da noite, hora em que aqueles fantasmas estavam reunidos nos sofás baixos e largos da sala de estar.

Num início de tarde, Bosmans decidiu tocar a campainha na porta do apartamento. Se quisesse pôr as coisas em pratos limpos — essa expressão lhe viera à mente ao acompanhar Camille, vulgo "Caveira", e Martine Hayward à casa da rue du Docteur-Kurzenne — ele precisava ver que aspecto tinha aquele apartamento em plena luz do dia, e não depois do cair da noite, entre as sombras anônimas em que ele tinha esbarrado na sala.

Era uma tarde de sol, justamente, e, na luz de abril, as silhuetas dos transeuntes, a folhagem das árvores, as calçadas, as fachadas dos edifícios destacavam-se com precisão sob o céu azul, como se tivessem sido lavadas com muita água para livrá-las da mínima poeira, da mínima indefinição. Tomou o elevador, o que nunca tinha feito até então, por causa de Camille. Bosmans ia sentado no banco de veludo vermelho e gostaria que aquela subida lenta e suave continuasse indefinidamente. Então teria fechado os olhos e não sentiria mais nenhuma preocupação.

Fez soar três toques, com alguma apreensão. Naquela hora, provavelmente não havia ninguém no apartamento. Nada perturbava o silêncio. Pareceu-lhe até que o prédio estava deserto. Deu novamente três toques. Então ouviu um rumor de passos. A porta foi aberta por aquela que ele tinha visto, uma noite, afastando-se pelo corredor, levando uma criança pela mão, em sua primeira visita, a mesma com quem cruzara de outra vez na entrada, com o mesmo menino. E "Caveira" lhe dissera: "São o filho de René-Marco e a governanta."

— Acho que cheguei cedo demais. — E essa frase, preparada para qualquer eventualidade, antes de tocar, ele pronunciava com voz apagada.

Mas ela não manifestava nenhuma surpresa. Fechara a porta atrás deles e guiava-o para a sala, como se fosse a sala de espera de um médico ou dentista.

— Sente-se.

Apontou para um dos sofás grandes e sentou-se ao lado dele. Uma pilha de revistas no sofá. Uma delas estava aberta.

— Eu estava lendo enquanto o pequeno tira uma soneca.

Ela dissera isso num tom natural. Teria adivinhado que ele estava ciente da existência daquela criança?

— À noite e de madrugada, os convidados não fazem muito barulho?

— Não, de jeito nenhum. O corredor entre a sala e o nosso quarto é comprido. O pequeno sempre tem sono excelente.

Ela lhe respondera com voz muito calma, olhando-o diretamente nos olhos.

— Então a senhorita me tranquiliza.

Ela sorriu levemente. Devia ser da idade dele, cerca de vinte anos. Não parecia surpresa com sua presença, nem curiosa de saber por que ele tinha tocado a campainha do apartamento tão no começo da tarde.

— Vim sem planejar. Esperava ver o senhor René-Marco para lhe pedir uma coisa.

Como ele não sabia o sobrenome daquele homem, sentiu-se obrigado a dizer "senhor René-Marco."

— Está se referindo ao senhor Heriford?

Ela de repente demonstrava a solicitude de uma professorinha que corrige um erro de francês do aluno. E isso lhe conferia certo encanto, por causa da idade.

— Sim, claro, refiro-me ao senhor René--Marco Heriford.

Ele lançava um olhar ao redor. A sala já não era a mesma da noite e da madrugada. Grande aposento claro, com sofás de cor suave, janela entreaberta para a folhagem de um castanheiro, mancha de sol na parede do fundo e aquela jovem, sentada ao lado dele, busto ereto e braços cruzados. Ele devia estar no andar errado.

— O senhor Heriford sempre chega em casa muito tarde. Durante o dia, fico sozinha aqui com a criança.

— O filho do senhor René-Marco Heriford?

Ele não pudera deixar de acrescentar o primeiro nome ao sobrenome, para ter certeza de que não haveria confusão sobre a pessoa.

— Exatamente.

— E a senhorita trabalha aqui há muito tempo?

— Dois anos.

Ela não se surpreendia com nenhuma pergunta, mesmo vinda de um estranho.

— Eu tentei ligar antes de passar aqui, mas o número não estava funcionando.

Ele tinha vergonha de mentir para ela, mas, afinal, era uma mentira inofensiva.

— Que número o senhor discou?

— AUTEUIL 15.28.

— Não. Os números agora têm sete algarismos.

Ela o observava com espanto. Aparentemente, tomava-o por um excêntrico.

— Daqui a pouco lhe dou o número certo, se quiser.

Diante de tanta boa vontade de sua parte, ele achou que poderia fazer-lhe outras perguntas.

— A senhorita conhece a maioria das pessoas que vêm aqui à noite?

Dessa vez, ela demonstrou alguma relutância em responder.

— Não é da minha conta.

E fez um esforço para acrescentar:

— Na minha opinião, são relações do senhor Heriford.

O que queria dizer com "relações"?

— Mas e o senhor? É amigo do senhor Heriford?

Ela parecia ter alguma dúvida a respeito. Talvez porque esse senhor Heriford não era um homem da idade de Bosmans. As raras noites em que "Caveira" o levara àquela sala, as pessoas presentes também eram mais velhas que ele.

— Foi uma amiga que me apresentou ao senhor Heriford. Camille Lucas. Conhece?

— Não. Absolutamente.

— E uma amiga de Camille Lucas que vem com frequência aqui: Martine Hayward?

— Eu cruzei com algumas pessoas à noite, quando estava preparando o jantar do pequeno. Mas não sei como se chamam. Vou dizer ao senhor Heriford, se o vir esta noite, que o senhor veio aqui.

Houve um momento de silêncio entre eles. Talvez ela esperasse que ele se despedisse. Ele buscava algumas palavras para ganhar tempo.

— Até que horas o pequeno tira a soneca?

— Até três e meia. Depois, eu o levo muitas vezes para merendar na Ferme d'Auteuil.

Ferme d'Auteuil. Esse lugar, perto do hipódromo, trouxe-lhe à mente uma lembrança de infância. Um restaurante ao ar livre sob a folhagem. E, no fundo de um pomar, um estábulo que abrigava algumas vacas. Mais adiante, um pônei. Em sua lembrança, essa Ferme d'Auteuil ficava bem perto do vale de Chevreuse, da rue du Docteur-Kurzenne e da área da porte Molitor, onde ele nasceu. Tudo isso constituía uma província secreta. E nenhum mapa do estado-maior ou de Paris poderia provar-lhe o contrário.

— Tem razão... É uma boa ideia, a Ferme d'Auteuil.

— E o senhor, mora no bairro?

Ele não sabia se ela fizera a pergunta por polidez ou curiosidade.

— Moro. Bem perto daqui. Vim a pé.

Tinha mentido para ela, mas amanhã mesmo procuraria um quarto para alugar no bairro.

— E o senhor Heriford, faz tempo que mora aqui?

Ela hesitava em responder.

— Acho que foi uma amiga que lhe emprestou o apartamento.

Deveria fazer-lhe outras perguntas? Ela acabaria por desconfiar. Mas, afinal, era preciso correr riscos.

— E a mãe da criança?

Obviamente, essa pergunta era de mais.

Depois de um momento de constrangimento, ela disse, baixando os olhos:

— Não sei... Nunca a vi. O senhor Heriford nunca me falou disso...

Ele buscava alguma palavra para desfazer o mal-estar. Pôs a mão na pilha de revistas entre os dois.

— A senhorita lê todas essas revistas?

Mas ela não tinha ouvido. Estava pensando em outra coisa.

— Eu não ouso lhe fazer perguntas sobre a esposa... Tenho a impressão de que está morta...

E era como se estivesse falando sozinha, esquecida de sua presença. Depois se voltou para ele.

— Pode ficar algum tempo... O pequeno só acorda às três e meia...

Provavelmente preferia não ficar sozinha. Era o que lhe devia ocorrer toda manhã e toda tarde naquele apartamento deserto. Uma das janelas estava entreaberta, mas nenhum carro passava pela rua. E o silêncio era tão profundo que se ouvia o farfalhar das folhagens. As pessoas que se reuniam no final da noite saíam do apartamento na hora que se chama de manhãzinha. E, depois dessa hora, só restavam ela e a criança no quarto dos fundos.

— Claro... Eu tenho todo o tempo do mundo... e é um prazer fazer-lhe companhia.

Estas frases, que acabavam de lhe escapar, eram um pouco solenes e afetadas, como a última réplica de uma cena de teatro ou o último verso de um poema que ele tivesse recitado para ela. Mas, aparentemente, aquilo não a surpreendera. Aliás, ela lhe respondera no mesmo tom.

— É muita gentileza sua... Sou grata...

Ela consultara o relógio de pulso.

— Só faltam uns dez minutos. De qualquer modo, se ele continuar dormindo, vou acordá-lo...

E depois, como todos os dias, ela sairia do apartamento com a criança, e ambos caminhariam até a Ferme d'Auteuil. Na parede da sala, a mancha de sol se movera para a direita, e ele notou outra no meio do sofá, ao lado deles. Estava no andar errado. Não, decididamente, não podia ser a mesma sala aonde "Caveira" o trouxera duas ou três vezes e onde ele tentava acompanhar as conversas ao redor sem entender uma única palavra. E, à medida que a noite avançava, a música que tocava em surdina tornava-se cada vez mais alta, e a luz ia baixando aos poucos, até a sala logo ficar no escuro. Então, já não era hora de conversar. Algumas sombras se mesclavam nos sofás, e a música encobria seus sussurros e suspiros. E, a cada vez, ele aproveitara a escuridão para se esgueirar pela porta entreaberta da sala e ir para o vestíbulo, deixando para trás Camille, vulgo "Caveira", e Martine Hayward entre todas as sombras entremescladas nos sofás.

— No que está pensando?

Ela lhe fizera essa pergunta num tom amável e isento. Ele não sabia o que responder. Fixava o olhar na mancha de sol do sofá.

— Tenho a impressão de estar no andar errado.

Mas, pelo olhar e pela testa franzida dela, ele percebeu que ela não entendia o que ele queria dizer.

— Este apartamento não é de modo algum o mesmo quando se vem à noite. Se a senhorita não tivesse me falado desse senhor René-Marco Heriford, eu acharia que estava no andar errado.

Ela tinha ouvido com grande atenção, como a de uma boa aluna que tentasse acompanhar uma lição muito complexa de matemática. Depois, ficara em silêncio por um momento, ainda com a testa franzida e um jeito de estar refletindo sobre cada palavra que ele acabava de proferir.

— Eu não tenho essa impressão... Tudo o que acontece aqui à noite não é da minha conta. E não procuro saber mais sobre as pessoas que o senhor Heriford recebe. Fui contratada só para cuidar dessa criança. Entende?

Ela o dissera com tal firmeza que o efeito foi o de um balde de água fria atirada em seu rosto para acordá-lo. Ele se perguntou se alguma vez tinha ido àquele apartamento à noite e se não se tratava de um sonho ruim — um daqueles sonhos que retornam com frequência. Toda vez, na hora de dormir, temos receio de sonhar com aquilo de novo, e esse sonho é tão insistente que durante o dia inteiro conservamos alguns fragmentos dele, a ponto de não conseguirmos separar o dia da noite. No entanto, "Caveira" o levara, sim, àquela sala, no meio de todas aquelas sombras. Mas ele acabava por duvidar da existência de "Caveira" e de Martine Hayward.

— Entendi o que disse e acho que tem razão.

Ele a teria quase agradecido por tirá-lo de um sonho ruim. Estava convencido de que, se ficasse com ela naquela sala de estar até o final da tarde e, depois, durante a noite, ninguém viria tocar a campainha do apartamento, nem "Caveira" nem Martine Hayward. Nem mesmo Rose-Marie Krawell ou outros fantasmas.

Ela consultou o relógio de pulso.

— São vinte para as quatro. Tenho de ir acordar o pequeno... Mas, antes, preciso fazer um telefonema... Se me dá licença...

Ela se levantou, deu-lhe um grande sorriso, e pela porta de duas folhas, entreaberta, entrou na sala de banho que se comunicava com a sala, coisa que ele tinha notado na primeira noite em que "Caveira" o levara ali.

Ele a ouvia falar ao telefone, de muito longe, e a imaginou num quarto bem depois da sala de banho. A disposição dos aposentos daquele apartamento lhe parecia estranha, mas talvez estivesse errado e aquele fosse um apartamento de aspecto banal, como se encontravam centenas naquele bairro residencial.

Ela reapareceu depois de alguns minutos.

— Foi por causa do pequeno. Telefonei para o doutor Rouveix... Enfim, ele vem daqui a pouco para lhe aplicar vacina...

Ela tinha dito isso com uma espécie de seriedade profissional, como se ele conhecesse aquele doutor Rouveix.

— É prático... O doutor Rouveix mora a poucos metros daqui e sempre percorre essa distância para atender o pequeno.

Ele achou que deveria se despedir antes da chegada do doutor Rouveix.

Levantou-se.

— E imagino que daqui a pouco a senhora vai levar o pequeno à Ferme d'Auteuil.

— Não sei. Vou perguntar ao doutor Rouveix se não é melhor ele ficar aqui depois da vacina.

Ela o acompanhou até a porta do apartamento.

— Vou lhe dar o número de telefone atual — disse ela com um leve sorriso. — O número de sete algarismos...

E entregou-lhe uma folha branca dobrada em quatro.

— Pode ligar de manhã ou no início da tarde. Estou sempre aqui.

Ela pareceu hesitar um momento. Depois, em voz mais baixa:

— Mas não ligue à noite para AUTEUIL 15.28. Poderia topar com gente pouco recomendável.

Soltou uma breve risada.

No corredor, o elevador parecia estar à espera dele, como se ninguém o tivesse usado desde sua chegada no início da tarde. Antes de fechar a porta do apartamento, ela lhe fez um discretíssimo sinal com a mão.

Na rua, ele desdobrou o papel que ela lhe dera. Estava escrito: Kim 288.15.28.

Nome esquisito. Mas tinha algo de alegre e jovial, como o sinalzinho cristalino que o fiscal dos antigos ônibus de plataforma emitia, quando puxava a corrente com um gesto seco para anunciar a partida. E, aliás, o sol e o frescor do ar eram tão primaveris quanto no início da tarde. Um único detalhe preocupava-o: o novo número do apartamento tinha de fato sete algarismos, mas permaneciam os quatro últimos algarismos do antigo: AUTEUIL 15.28. No entanto, ele tinha certeza de que não ouviria aquelas vozes do além se discasse 288.15.28. Bastara um lindo dia de primavera.

No final da rue Michel-Ange, ele cruzou com um homem moreno, de rosto bronzeado, cabelo curto e ar esportivo, que levava na mão uma maleta de couro, à qual imprimia um leve movimento oscilatório. Trocaram um olhar, e ele sentiu a tentação de lhe dirigir a palavra. Talvez fosse o doutor Rouveix. Virou-se e viu-o andar com passos regulares. Gostaria de segui-lo para verificar se ele tomava mesmo o caminho do edifício, mas achou que seria inútil e indiscreto. Da próxima vez que ligasse para 288.15.28, faria uma descrição física daquele homem a Kim e lhe perguntaria se era de fato o doutor Rouveix.

Ele experimentava uma sensação de leveza ao caminhar a esmo pelas ruas de Auteuil naquela tarde. Pensava naquele apartamento tão diferente durante o dia e à noite, a ponto de pertencer a dois mundos paralelos. Mas por que se teria preocupado, ele que havia muitos anos tinha o hábito de viver numa fronteira estreita entre a realidade e o sonho e de deixar que ambos se esclarecessem reciprocamente e às vezes se misturassem, enquanto prosseguia seu caminho com passo firme, sem desviar um centímetro, pois sabia muito bem que isso romperia um equilíbrio precário? Em várias ocasiões, tinha sido tratado de "sonâmbulo", e em certa medida essa palavra lhe parecera um elogio. No passado, os sonâmbulos eram consultados por causa de seu dom de vidência. Ele não se sentia tão diferente deles. A coisa toda consistia em não escorregar da corda bamba e saber até que limite se pode sonhar a própria vida.

Ele bem que teria andado até a Ferme d'Auteuil para ver se correspondia às suas lembranças. O lugar decerto havia mudado, em quinze anos, e perdido a aparência rústica. À medida que se aproximava da região do hipódromo, lembrou-se de que tinha ido uma vez àquela Ferme d'Auteuil na companhia de Rose-Marie Krawell e de um homem moreno bastante alto, que ele seria incapaz de reconhecer se lhe mostrassem uma foto dele, tal como era na época. O único detalhe que poderia dar desse homem sem rosto era o relógio que ele usava no pulso, um relógio enorme cujos múltiplos mostradores, de vários tamanhos, marcavam os dias, os meses, os anos e até as diferentes formas que a lua assume a cada noite. O homem lhe explicara tudo isso, entregando-lhe o relógio e dando-lhe permissão para colocá-lo por algum tempo no pulso. E esclarecera que se tratava de um "relógio do Exército americano", três palavras cuja sonoridade tinha importado mais para ele do que o significado exato, pois elas ainda ressoavam em sua memória com um eco abafado.

Na Ferme d'Auteuil naquela tarde, Rose-
-Marie Krawell estava sentada à sua frente.
Quanto a ela, ele também se perguntava se
poderia reconhecê-la quinze anos depois. Uma
mulher loira com grandes olhos claros. Cabelo
bastante curto. Altura média. Usando pulsei-
ras de argolas grandes. Esses são os termos
vagos com que a teria descrito. Além disso,
restavam-lhe algumas impressões. Voz grave.
Uma maneira um tanto rude de falar. O isqueiro
que ela tirava da bolsa e lhe dava para brincar.
Um isqueiro perfumado.

Saindo da Ferme d'Auteuil, os três, Rose-
-Marie Krawell, o homem e ele, tinham subido
num carro preto. Rose-Marie Krawell dirigia,
o homem ia ao lado dela, e ele, no banco de
trás. Acabaram num apartamento próximo à
Ferme d'Auteuil, pois o trajeto lhe parecera
curto. Mas, em se tratando de lembranças da
infância, é preciso desconfiar de tudo o que
diga respeito a distâncias e ao tempo que se
levou para ir de um ponto a outro, bem como
da ordem dos acontecimentos, que acredita-
mos terem transcorrido numa mesma tarde,
ao passo que cada um ocorreu com semanas
ou meses de intervalo.

Num quarto do apartamento, Rose-Marie Krawell se sentara junto ao canto de uma escrivaninha e telefonava. Pegara de volta o isqueiro que lhe havia emprestado para brincar e acendia um cigarro com aquele isqueiro perfumado. O homem do "relógio do Exército americano" estava ao lado dele num sofá e explicava-lhe como se acionava uma pequena campainha, no relógio, na hora em que se quisesse acordar de manhã. Bastava parar o ponteiro azul no número da hora e pressionar um botão, na parte de baixo do mostrador. Mas, além desses gestos precisos, ele não se lembrava de nenhum outro detalhe daquele dia, como se examinasse com lupa o único pedaço restante de uma foto rasgada.

Ele chegara à avenida, perto do hipódromo. Mas de repente decidiu não atravessar a avenida para ir à Ferme d'Auteuil. Já não sentia vontade de realizar sozinho tal peregrinação. Lembrou que, no mostrador do "relógio do Exército americano", com uma simples pressão era possível fazer os ponteiros virar na direção inversa. Se hoje atravessasse o limiar da Ferme d'Auteuil e tomasse assento junto a uma das mesas, no jardim, ele voltaria no tempo. Iria encontrar-se na mesma mesa em companhia de

Rose-Marie Krawell e do homem do "relógio do Exército americano", mas com a idade que tinha agora. Seriam exatamente os mesmos de quinze anos atrás. Não teriam envelhecido nem um dia. E ele poderia finalmente fazer-lhes algumas perguntas precisas. Seriam capazes de responder? E quereriam responder?

Mas, se na época quinze anos lhe pareciam um período longo demais para que as lembranças da infância não se embaralhassem definitivamente, o que dizer hoje? Quase cinquenta anos haviam transcorrido desde aquele trajeto feito de carro com Camille e Martine Hayward pelo vale de Chevreuse até a casa da rue du Docteur-Kurzenne. Sim, quase cinquenta anos desde a primeira tarde que ele passara com Kim na sala de estar do apartamento de Auteuil, quando ele cruzara com o doutor Rouveix — era de fato ele —, naquela tarde de uma primavera precoce cujo ano exato ele gostaria de saber. Primavera de sessenta e quatro ou sessenta e cinco? Ambos se fundiam em sua memória sem que ele encontrasse um ponto de referência suficientemente preciso para diferenciá-los.

Em que circunstâncias ele tinha conhecido Camille, vulgo "Caveira"? Nunca se fizera essa pergunta em cinquenta anos. O tempo fora apagando gradualmente os diferentes períodos de sua vida, e nenhum deles tinha elo com o seguinte, de modo que essa vida não passara de uma série de rupturas, avalanches ou mesmo amnésias.

Onde encontrara Camille pela primeira vez? Depois de muito esforço de memória, surgiu-lhe uma imagem desfocada. Camille, sentada num café, a uma mesa vizinha da sua, num dia de inverno, pois as outras silhuetas ao redor usavam casacos. E ele conclui que só poderia ter sido no restaurante da place Blanche, no térreo. Porque ele se via, naquele dia, a atravessar a rua com Camille e acompanhá-la à farmácia. Havia alguns clientes na frente deles, e ela parecia nervosa. Tinha na mão uma prescrição médica. Explicou-lhe, em voz baixa, que não tinha certeza de que lhe dariam o medicamento, pois a receita datava do ano anterior. Mas, assim que entregou a receita a uma das farmacêuticas, esta se dirigiu para os fundos do estabelecimento e voltou com uma caixinha cor-de-rosa sem lhe fazer o menor reparo, uma caixinha cor-de-rosa que, como ele notou depois, ela sempre carregava na bolsa e punha na mesa de cabeceira. É assim que encontramos detalhes aparentemente insignificantes que permaneceram em hibernação na noite dos tempos. Ele se lembrava da espessa camada de neve sobre Paris naquele inverno, na qual eles enfiavam os calçados. E das placas de gelo.

Ela morava um pouco mais abaixo da place Blanche, num quarto de uma rua em cotovelo cujo nome ele tinha esquecido. Um detalhe o intrigara desde o início. Ela se chamava Camille Lucas, mas ele descobrira no quarto dela, certa noite em que a esperava, um passaporte no qual se lia: Lucas, Camille Jeannette, nome de casada Gaul, nascida em Nantes em 16 de setembro de 1943. Ele perguntara por que "nome de casada Gaul". Ela dera de ombros.

— Eu me casei muito jovem... Faz três anos que não vejo meu marido...

Ela trabalhava num escritório. Ele tinha ido várias vezes buscá-la no primeiro andar de um daqueles edifícios da frente da estação Saint-Lazare, onde brilham à noite anúncios luminosos cujas letras multicoloridas desfilam sem parar. Escritório de quê, exatamente? Ela lhe explicara que se tratava de uma seção de contabilidade. Ela pronunciava a palavra "contabilidade" com muita seriedade. Tinha feito um "curso de contabilidade", e ele nunca se atrevera a perguntar-lhe em que, precisamente, esse curso consistia.

Ela estava feliz por ter encontrado aquele trabalho em Saint-Lazare e ter saído do emprego anterior, cargo de "contabilidade" também num hotel-restaurante, um pouco mais acima, na rue de La Rochefoucauld.

Um detalhe às vezes puxava de volta à memória outros que vinham aglutinados ao primeiro, assim como a correnteza traz feixes de algas em decomposição. Além disso, a topografia também ajuda a despertar as lembranças mais distantes. Agora ele se via com "Caveira" num café em Saint-Lazare, na mesma calçada de seu prédio de escritórios, num daqueles cafés próximos demais da estação para que os fregueses tenham tempo de demorar-se. Eles tomam algo junto ao balcão antes de se deixarem levar e perder-se na multidão dos horários de pico. Aquele café também era uma espécie de posto de fronteira do oitavo *arrondissement*. No fundo do salão, a vidraça dava para uma rua calma. Seguindo-a em linha reta até o fim, era possível afastar-se da multidão e da cloaca de Saint-Lazare e acabar por chegar às árvores dos jardins da Champs-Élysées.

À mesa dos fundos, justamente, pertinho da vidraça, Bosmans se sentara várias vezes em companhia de Camille e de um amigo dela, o único que ela conservara dentre os "colegas", como dizia, do trabalho anterior.

Era certo Michel de Gama. O nome e o sobrenome tinham permanecido em sua memória, pois ele se fizera muitas perguntas, posteriormente, sobre aquele que os portava. Camille o conhecera quando trabalhava no hotel-restaurante na rue de La Rochefoucauld. Ele era mais ou menos associado ao "chefe" e muitas vezes os dois falavam de outras pessoas, "colegas" ou hóspedes daquele hotel Chatham.

Michel de Gama era mais velho que eles. Moreno, de cabelo puxado para trás e vestido com muito apuro, ternos escuros e gravatas nas mesmas tonalidades. De acordo com "Caveira", a mãe dele era francesa, e o pai trabalhara "numa embaixada sul-americana". Ele falava francês de um jeito engraçado, ora com um sotaque indefinível, ora com entonações muito parisienses, usando gírias. E essa dissonância provocava ligeiro incômodo em quem o ouvisse.

No café de Saint-Lazare, Michel de Gama parecia esconder-se; os numerosos clientes que ficavam ao redor do balcão o tornavam invisível, sentado lá, bem no fundo do salão, longe da agitação e do burburinho geral. À esquerda da mesa, uma portinha de vidro abria-se para a rua tranquila que devia ser a de Anjou, Arcade ou Pasquier. Ele sempre usava a portinha de vidro para entrar no café, como quem entra sem pagar num cinema pela saída de emergência. E o leve incômodo que se sentia em sua presença provinha também do fato de que, mesmo falando com loquacidade e até com certa segurança, ele dava a impressão de estar vigilante, com jeito de pressentir, a todo momento, uma batida policial.

Bosmans perguntara a Camille por que tinha continuado a encontrar-se com Michel de Gama, se guardava más lembranças de todos aqueles que conhecera no hotel-restaurante da rue de La Rochefoucauld. Ela respondera de modo evasivo: "Eu não gostaria que ele ficasse com raiva." Obviamente, ele lhe inspirava certo medo. Ele estava sempre pelo bairro, e ela corria o risco de encontrá-lo ao sair do trabalho ou um pouco mais acima, onde morava.

Confessou que preferia não ficar sozinha com Michel de Gama e, todas as vezes, convidava Bosmans a acompanhá-la em seus encontros. Certa tarde, por volta das cinco horas, ele estava sentado à mesa habitual, nos fundos do café, entre Camille e Michel de Gama. Notou que este usava num dos dedos da mão esquerda um anel de sinete em cuja superfície estava gravado um brasão. E, sem dúvida, por causa daquele anel, ele lhe fez uma pergunta em tom levemente irônico:

— O senhor é parente do explorador Vasco da Gama?

O outro fixou nele um olhar duro e por um momento ficou em silêncio, num daqueles silêncios que pressagiam uma ameaça. Camille também tinha percebido seu olhar e parecia nervosa.

— Ouviu? Eu perguntei se é parente do explorador Vasco da Gama.

Ele, tão afável e gentil, às vezes era insolente na presença de alguma pessoa por quem não nutrisse simpatia.

Mas, de repente, o olhar duro se velara, e Michel de Gama exibia um sorriso largo, embora tal sorriso parecesse forçado.

— Estou vendo que se interessa pela minha família. Infelizmente, não posso lhe dar muitas informações.

As palavras tinham sido ditas com aquele sotaque estrangeiro assumido de vez em quando, que parecia afetado. E o olhar se fixava como se ele quisesse fazê-lo entender que, definitivamente, era melhor mudar de assunto.

— Não tem importância — dissera Camille, encolhendo os ombros. — Jean se interessa muito por genealogia e sobrenomes.

Os três tinham saído pela portinha de vidro. Na calçada, antes de deixá-los, Michel de Gama apertara sua mão.

— Sabe, na vida não se deve ser muito curioso — dissera.

E de novo um sorriso, mas que nada tinha de amistoso, por causa do olhar frio fixado nele.

Ele se afastava ao longo da rue de l'Arcade ou Pasquier ou de Anjou. Eles ficavam lá, os dois, em silêncio, como se esperando perdê-lo de vista.

Camille estava pensativa.

— É preciso ter cuidado com ele. Às vezes ele é um pouco suscetível.

E explicou, com meias palavras, que Michel de Gama e as pessoas que ela conhecera na rue de La Rochefoucauld, naquele hotel Chatham, apesar de sempre terem dado mostras de grande amabilidade, "não gostavam muito que lhes fizessem perguntas". No entanto, "do ponto de vista contábil", tudo parecia "normal" e até mesmo "irrepreensível" no hotel Chatham.

Ele não entendia exatamente quem eram aquelas pessoas, e as explicações de Camille careciam de precisão. Percebia que ela tinha medo de falar demais. Havia, portanto, o diretor daquele hotel Chatham, de quem Michel de Gama era um dos colaboradores, e dois amigos deles que cuidavam do restaurante. E mais alguns outros amigos, fregueses do hotel e do restaurante. Isso formava um "grupo" de cerca de dez pessoas. Ele teve de esperar vários anos para saber um pouco mais sobre o hotel Chatham e o "grupo" ao qual Camille tinha aludido, um círculo de indivíduos bastante preocupantes. Mas essa nova perspectiva não mudou em nada suas lembranças daquele período de sua vida. Ao contrário, confirmava certas impressões que ele tivera, e as reencontrava intactas e tão fortes como se o tempo tivesse sido abolido. Naquela época, ele não tinha parado de andar por Paris sob uma luz que conferia viva fosforescência às pessoas com que cruzava e às ruas. Depois, pouco a pouco, ao envelhecer, ele notou que a luz se empobrecera; agora, ela devolvia às pessoas e às coisas seu verdadeiro aspecto e suas verdadeiras cores — as cores desenxabidas da vida corrente. E ele concluía que sua atenção de espectador noturno se enfraquecera também. Mas talvez, depois de tantos anos, aquele mundo e aquelas ruas tivessem mudado a ponto de nada mais evocarem para ele.

Ele acompanhou Camille mais duas ou três vezes a seus encontros com Michel de Gama em Saint-Lazare. Este parecia ter esquecido, ou perdoado, a pergunta sobre seu sobrenome e lhe dava mostras de uma amabilidade de fachada. No último daqueles encontros no café, na hora de se despedir deles, Michel de Gama dissera a Camille, apontando para ele:

— Afinal, você precisa levá-lo uma noite para jantar conosco no Chatham.

Camille, constrangida, silenciava. Michel de Gama voltara-se para ele:

— Estou curioso para saber o que vai achar do Chatham... Tenho certeza de que aquele lugar vai despertar seu interesse.

— Sim, mas ele não está acostumado a ir tarde a esse tipo de lugar — dissera Camille com voz seca, como se quisesse protegê-lo.

— Então, venha tomar um trago — dissera Michel de Gama.

— Com prazer.

Camille parecia surpresa com sua resposta. Mas esse convite ele julgara sem importância. Sentia remorsos por ter ofendido aquele homem, ao evocar Vasco da Gama no outro dia, sem entender por que ele tinha se abespinhado por tão pouco.

— Vão lá os dois amanhã às sete horas.

Ele se afastava ao longo da rua, muito ereto em seu terno escuro. Não estava de sobretudo, apesar do frio, provavelmente por vaidade.

— Você não deveria ter aceitado — disse Camille. — Não é um cara muito recomendável.

Aquele "cara" ser ou não recomendável não importava a Bosmans. O que poderia temer dele? E, para começar, ele se chamava de fato Michel de Gama? Essa pergunta ele se fizera logo. Se um homem não usa seu nome verdadeiro, é porque duvida de si mesmo. Além disso, no café de Saint-Lazare, ele sempre se sentara de costas para a parede e lançava um olhar preocupado para os fregueses de passagem, lá, na frente do balcão, como se não se sentisse totalmente seguro. "Estou curioso para saber o que vai achar do Chatham", dissera. E ele, Bosmans, estava curioso para observar o comportamento de Michel de Gama naquele lugar.

***

Uma daquelas ruas tranquilas, antes das cercanias das praças Pigalle e Blanche, na área por ele chamada de "primeiras ladeiras". A fachada e a entrada do hotel eram indistinguíveis dos prédios vizinhos. O salão do restaurante abria-se para a rua. Na entrada do hotel, uma placa oval de mármore preto tinha esta inscrição em letras douradas: HOTEL CHATHAM.

Camille tinha parado na calçada, com ar preocupado.

— Acho estranho voltar aqui...

Michel de Gama os esperava numa espécie de salãozinho, à esquerda da recepção, que tinha uma lareira de mármore branco sobre a qual havia sido colocado um relógio antigo. Algumas gravuras nas paredes representavam cenas de caça. No canto da sala, um bar de madeira escura. Tinha-se a impressão de estar numa hospedaria do interior.

Ele parecia mais descontraído do que no café de Saint-Lazare. Fez-lhes um sinal para se sentarem no sofá perto do bar. Depois se dirigiu para este e despejou em três taças uma bebida que, de acordo com a forma da garrafa, devia ser porto.

Sentou-se diante deles. Fitava Bosmans com ar interrogativo, como se esperasse dele uma apreciação sobre o hotel. Era necessário dizer rapidamente alguma coisa.

— É bem tranquilo aqui...

Bosmans lamentava não encontrar outras palavras. Mas, para seu alívio, o rosto de Michel de Gama iluminou-se com um sorriso.

— É exatamente o que quisemos fazer, meu parceiro Guy Vincent e eu — disse, dessa vez com seu leve sotaque estrangeiro. — Algo calmo, simples e clássico.

E estendia sua taça para brindarem os três.

— Camille poderia levá-lo para ver sua antiga sala.

— Ah, não... Acho melhor não.

Ela dissera isso com voz suave, como para se desculpar e não ofender Michel de Gama.

— É a sala do meu sócio Guy Vincent. Como muitas vezes está fora de Paris, emprestou a sala a Camille.

Ela balançava a cabeça, com jeito de quem aguenta um mal com resignação. Bosmans temia que ela se levantasse de repente e o arrastasse para fora.

— Recebemos uma clientela cativa. E muitas vezes amigos nossos. Forma um pequeno clube.

Ele tinha forçado seu sotaque estrangeiro e era possível discernir entonações inglesas. Por sua maneira de falar e pelo corte de seu terno, ele certamente tinha como modelo um homem elegante, a quem admirava.

— Não há ninguém aqui antes da hora do jantar — disse de repente Michel de Gama, provavelmente para justificar o silêncio que reinava no hotel. — É a hora tranquila... A hora azul, como diria meu sócio Guy Vincent.

Era a terceira vez que Bosmans ouvia as palavras "meu sócio Guy Vincent". O nome Guy Vincent não lhe era desconhecido. Mas ali, na hora, se lhe perguntassem de improviso, ele teria sido incapaz de dizer com precisão o que aquele nome lhe lembrava. Talvez estivesse impressionado pela sonoridade simples do nome.

Michel de Gama já não tinha o olhar preocupado que exibia em Saint-Lazare. Parecia à vontade no bar, ou melhor, no salão daquele hotel, como se estivesse em casa e gozasse entre aquelas paredes de uma espécie de imunidade diplomática. Mas, sem dúvida, esta deixava de existir assim que ele punha os pés na rua. Qual era exatamente sua situação? Será que sem direito de permanência no país? Bosmans bem que gostaria de lhe fazer essa pergunta.

— Eu deveria lhe mostrar os quartos.

Dessa vez, voltava a seu sotaque parisiense.

— Hoje não — disse Camille de maneira rápida. — De qualquer modo, voltaremos outra hora.

Mas adivinhava-se que era uma promessa vã.

— Camille às vezes dormia num dos quartos — disse Michel de Gama, voltando-se para ele.

— Só nos dias em que eu tinha muito trabalho e precisava me levantar bem cedo.

E havia uma ponta de exasperação em sua voz.

Michel de Gama tirou do bolso um maço de cigarros ingleses e acendeu um com um isqueiro. Precisou tentar duas vezes antes que a chama brotasse, uma chama alta que causou certa surpresa a Bosmans. E, quando o outro fechou o isqueiro, o barulho seco lembrou-lhe algo.

— Belíssimo isqueiro esse seu. — E teve a sensação de que essa frase acabara de ser pronunciada por um duplo dele.

— E que tem uma bela chama... Quer experimentar?

Michel de Gama estendia-lhe o isqueiro. Mal o pegara entre o polegar e o indicador, voltou-lhe uma antiga sensação. Ela se confirmou quando brotou de novo aquela chama que ninguém esperaria ser tão alta, em vista da pequenez do isqueiro. Aquela sensação o levou subitamente para quinze anos antes, e o choque foi tão inesperado quanto o dos carrinhos bate-bate de sua infância. Ele viu, num lampejo, Rose-Marie Krawell dando-lhe o mesmo isqueiro e dizendo-lhe que tomasse cuidado com a chama.

— Sim, é um belíssimo isqueiro. Mas precisa ter cuidado com a chama.

Ele devolvera o isqueiro a Michel de Gama, que o olhava espantado, pois Bosmans devia ter um ar bem estranho, repetindo uma frase que lhe vinha de tão longe.

— Mostre a ele sua antiga sala — disse Michel de Gama voltando-se para Camille.

Ela se levantou em silêncio. Havia tomado Bosmans pelo braço, e os dois seguiam por um longo corredor iluminado no teto pelo que lhe parecia serem lâmpadas noturnas.

— Eu lhe mostro a sala e depois explicamos que temos de ir embora — disse ela em voz baixa.

Abriu uma porta na qual estava afixada uma plaquinha dourada com um número, devendo ter sido, na origem, a porta de um dos quartos do hotel. A luz caía de uma luminária de teto, luz de fraquíssima intensidade. Uma escrivaninha de madeira clara no meio da sala e, no canto, um divã muito estreito. A janela dava para um pátio.

— Era aqui que você trabalhava na contabilidade?

Não havia ironia em sua voz, mas sim certa gravidade.

— Sim. Era aqui.

Ele caminhou até a escrivaninha e sentou-se na cadeira de couro atrás dela. De ambos os lados, muitas gavetas.

— Então, era a sala do Guy Vincent?

Ela balançou a cabeça em sinal de aprovação, mas parecia estar pensando em outra coisa, talvez em sair daquele aposento o mais depressa possível. Ele também estava perdido em pensamentos. A chama do isqueiro que Michel de Gama lhe entregara tinha funcionado como um revelador. Aquela chama iluminava uma câmara escura, e o nome Guy Vincent, depois de um longo período de amnésia, voltara a ser familiar.

Havia uma foto, justamente, no canto direito da escrivaninha, em moldura de couro grená, e, inclinando-se para ela, ele reconheceu Guy Vincent, que segurava uma mulher pelo ombro, a mulher dele, de cujo nome ele se lembrou: Gaëlle. Mas ela ia com menos frequência que ele à casa da rue du Docteur--Kurzenne. Bosmans só se lembrava dela à luz do dia. Ela nunca tinha dormido na casa. Quando Guy Vincent ia sozinho, ocupava o grande quarto do primeiro andar. Reconhecia-o na foto: cabelo curto, alto, olhos claros. Naquela época, achava que Guy Vincent era "americano", por causa de seu jeito, do carro conversível e porque tinha ouvido dizer que ele passara muito tempo na América. No entanto, seu nome era francês. De repente, vinha-lhe à mente uma frase de Guy Vincent, numa tarde em que este lhe pedira que fosse ver se havia correspondência para ele na caixa de correio da rue du Docteur-Kurzenne. Na verdade, Bosmans encontrara uma carta em cujo envelope estava escrito: Roger Vincent; com o endereço da casa. Ao receber a carta, ele dissera: "Sabe, eu gosto de mudar o primeiro nome de vez em quando"; como se lhe devesse explicação.

Camille mantinha-se em pé à sua frente e o observava em silêncio. Ele deu com o olhar dela. Será que desconfiava de alguma coisa? Ela quase nada sabia dele, que nunca tinha dito como fora sua vida antes de se conhecerem, e, acima de tudo, nunca lhe teria ocorrido a ideia maluca de mencionar diante dela suas lembranças de infância. Além disso, ele tinha a sensação de que apenas o momento presente lhe interessava.

Abriu uma a uma as gavetas de cada lado da mesa para verificar seu conteúdo, e isso arrancou um sorriso de Camille.

— E aí, é uma operação de busca e apreensão?

Tinha dito isso em tom de brincadeira, e a expressão "busca e apreensão" causou-lhe certo incômodo. Por que a tinha usado?

As gavetas da esquerda estavam vazias. Vazias também as três primeiras da direita. Mas a gaveta de baixo continha três folhas de papel de carta e um caderno encapado com couro verde.

Camille se sentara no divã estreito e apoiava as costas na parede. Continuava a observá-lo, com um sorriso nos lábios. Eram de fato três folhas virgens de papel de carta, um pouco amareladas pelo tempo, em cujo topo estava impresso em filigrana: "Guy Vincent, rue Nicolas-Chuquet, 12, Paris XVIIe." E o caderno de couro verde era uma agenda, mas, curiosamente, faltava a página que teria indicado o ano.

Ele dobrou as folhas de papel em quatro e meteu-as no bolso interno do paletó; fez o mesmo com a agenda. A foto na moldura de couro era grande demais para poder ser escondida em outro bolso. Camille notara sua hesitação. Apontou para sua bolsa, quase do tamanho de uma maleta de viagem. Ele enfiou a foto nela.

— Você conhece Guy Vincent? — perguntou-lhe Bosmans.

— Só o vi uma vez, quando comecei a trabalhar aqui. Quase nunca está em Paris.

Ela falava com voz calma, indiferente. Não tinha demonstrado nenhuma surpresa quando o vira pegar as folhas, a agenda e a foto.

— Você não saberia em que ocasião Michel de Gama conheceu Guy Vincent?

Ela não parecia nem um pouco surpresa com essa pergunta.

— Que sei eu...

Encolhera os ombros. Tal indiferença e tal desenvoltura de repente lhe pareceram suspeitas, e ele se lembrou da expressão "busca e apreensão" que ela havia usado ao vê-lo vasculhar as gavetas da escrivaninha.

— Eles se conheceram na prisão?

Ele lhe fizera a pergunta com brusquidão. Se ela soubesse mais do que queria dizer sobre

Guy Vincent, talvez esse fosse um meio de fazê-
-la falar. Mas ela continuava sorrindo, como se
não o tivesse ouvido.

— Você mesmo deveria perguntar a ele...

E essa resposta ela tinha pronunciado no
tom amável de quem dá um conselho — com
toda a humildade.

Encontraram Michel de Gama, sozinho, na recepção do hotel, terminando uma conversa ao
telefone.

— Então, ela lhe mostrou a sala do meu sócio
Guy Vincent?

Ele também sorria, mas com um sorriso
diferente do de Camille, sorriso um pouco
forçado, como se estivesse preocupado com
alguma coisa. Talvez com o que seu interlocutor
no telefone acabara de dizer-lhe. De repente,
Bosmans imaginou que Michel de Gama tivesse
desejado juntar-se a eles na sala de seu "sócio
Guy Vincent" e, no momento de abrir a porta,
tivesse surpreendido suas palavras, especial-
mente a frase que ele dissera muito alto: "Eles
se conheceram na prisão?" E arrependeu-se
imediatamente de ter proferido tal frase e de
ter perdido o sangue-frio.

— Eu estava bem curioso para conhecer o
lugar onde Camille trabalhava.

Desta vez, ele se esforçara por assumir um tom de bom moço.

— Ela poderia estar trabalhando lá ainda... E nós ficamos muito tristes por ela nos ter deixado.

Bosmans gostaria de saber se esse "nós" também dizia respeito a Guy Vincent.

— Não é, Camille? Não esperávamos de modo algum a sua saída.

Ela abria timidamente os braços, em sinal de impotência, e também parecia uma mocinha cândida.

— É tarde — disse ela, estendendo a mão para Michel de Gama. — Precisamos nos despedir.

Ele os acompanhou até a entrada do hotel e parou no limiar da calçada. O pensamento que Bosmans tivera pouco antes atravessou-lhe a mente de novo: aquele homem não poderia pôr os pés para fora, pois estava proibido de ficar no país.

— Gostei muito mesmo do seu hotel — disse ele a Michel de Gama. — A gente deve se sentir na tranquilidade, o que é cada vez mais raro em Paris.

Mas achou que isso era insuficiente e acrescentou:

— Parabéns ao senhor e ao seu sócio.

O sorriso de Michel de Gama abrandou-se.

— Ele teria ficado muito feliz de ouvi-lo.

Apertava-lhe a mão, e Bosmans foi acometido por um desvario. Bastavam algumas frases para virar a mesa: "Transmita-lhe meus protestos de amizade... Talvez seu sócio ainda se lembre de mim... Do tempo em que ele gostava de mudar de nome."

— Espero que a gente se veja de novo muito em breve — disse-lhe Michel de Gama. — O mais breve possível.

Sentiu-se aliviado por estar andando com passo firme pela calçada e por ter resistido ao desvario. Camille tirou da bolsa a fotografia de Guy Vincent e esposa na moldura de couro.

— Pegue... Antes que eu esqueça...

Ela não parecia ansiosa para saber por que ele tinha roubado a foto, a agenda e as folhas de papel de carta. E se Michel de Gama percebesse? Aparentemente, isso também não lhe passara pela mente. Ele tinha se acostumado à sua sem-cerimônia, mas, no caso, o que o surpreendia era sua falta de curiosidade. Concluiu que, afinal, se aquele a quem chamavam Guy Vincent estava ligado a certas lembranças da infância dele, a ela essas coisas não diziam respeito e lhe eram totalmente alheias.

Depois de mais de cinquenta anos, era impossível para Bosmans estabelecer a cronologia precisa daqueles dois acontecimentos do passado: a travessia do vale de Chevreuse, de carro com Camille e Martine Hayward, que terminara na frente da casa da rue du Docteur-Kurzenne, e a ida ao hotel Chatham, onde Camille e ele tinham ido para a sala de Guy Vincent.

Todos os pontos de referência tinham-se apagado com o tempo, de modo que esses dois acontecimentos, vistos de tão longe, pareciam-lhe simultâneos e até acabavam por se entremesclar, como duas fotos diferentes que tivessem sido mescladas por um processo de sobreposição.

Uma coincidência o perturbava. Por qual acaso Camille e Martine Hayward tinham-no levado, duas vezes, de volta a um período de sua infância no qual ele não pensava havia mais de quinze anos? Parecia que o faziam de propósito, com um objetivo que ele ignorava, que tinham sido informadas por alguém sobre certos detalhes do início de sua vida.

Camille tinha prestado serviços de contabilidade no hotel Chatham, na sala de Guy Vincent, e Martine Hayward tinha alugado a casa da rue du Docteur-Kurzenne, ainda de propriedade de Rose-Marie Krawell na época. E, entre as anotações que ele fizera para tentar pôr tudo aquilo em ordem, figurava a resposta dada por Camille quando ele perguntara a Martine Hayward se conhecia a proprietária da casa: "Acho que quem a conhece é René--Marco."

Às anotações ele acrescentara uma espécie de esquema, como que para se guiar num labirinto:

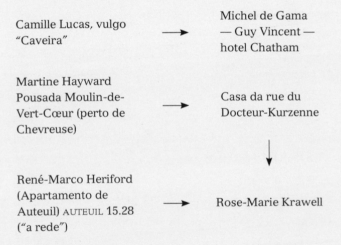

E ele se dispunha a ir completando esse esquema à medida que lhe voltassem à memória, ou que ele descobrisse durante suas buscas, outros nomes relacionados àqueles que ele tinha exumado do esquecimento. E talvez conseguisse elaborar um mapa do todo.

Era uma empreitada difícil, mas instrutiva. De início, achamos ter tropeçado em coincidências, mas, ao cabo de cinquenta anos, temos uma visão panorâmica de nossa vida. E concluímos que, cavando fundo, como os arqueólogos que acabam trazendo à luz uma cidade inteira enterrada e o emaranhado de suas ruas, ficaríamos espantados ao descobrirmos elos com pessoas de cuja existência não suspeitávamos ou tínhamos nos esquecido, uma rede ao nosso redor que se desenvolve ao infinito.

Essas belas reflexões não o impediam de sentir um mal-estar que ele tentava superar, dizendo que sua imaginação lhe pregava uma peça. Em certos momentos do dia, ria de tudo isso e montava uma lista de títulos de romances que traduzissem seu estado de espírito:

— *O retorno dos fantasmas*
— *Os mistérios do hotel Chatham*
— *A casa assombrada da rue du Docteur-Kurzenne*

— Auteuil 15.28

— Os encontros de Saint-Lazare

— O gabinete de Guy Vincent

— A vida secreta de René-Marco He-
riford

Mas, durante a noite, nas horas de insônia, já não tinha vontade de rir. Convencia-se de que todas aquelas pessoas — mesmo Camille — estavam a par dos menores detalhes de sua infância, principalmente daquele longo período que ele passara na casa da rue du Docteur--Kurzenne. E quinze anos depois o círculo formado por elas estreitava-se em torno dele. Um jogo de gato e rato cujas razões ele tentava entender.

Na segunda visita que fez no início da tarde ao apartamento de Auteuil, a porta da salinha do porteiro estava entreaberta, e ele gostaria muito de lhe fazer algumas perguntas. Certamente o porteiro estaria a par dos vaivéns de gente que subia à noite e de madrugada ao apartamento e saía de manhãzinha; os outros habitantes do prédio deviam ter feito algumas observações a respeito. Mas preferiu não correr o risco de ser visto.

Subira pelo elevador de duas folhas envidraçadas. Ela abriu sem que ele precisasse tocar. Talvez tivesse espreitado até ouvir a batida da porta pantográfica do elevador. Como da primeira vez, guiou-o em silêncio até a sala de estar, e ambos se sentaram lado a lado no sofá da outra tarde. A pilha de revistas ainda estava lá, e uma delas, também, aberta no meio do sofá.

Na mesinha, dois copos de suco de laranja. Ela pegou um e entregou-lhe. A mancha de sol estava em seu lugar, na parede, à frente. A partir daí, ele iria lá todo dia, na mesma hora, e toda vez ela abriria a porta sem que ele tocasse. E isso durante anos e anos. *O eterno retorno do mesmo*, título que ele tinha lido na capa de um livro de filosofia que lhe fora emprestado por seu professor, Maurice Caveing.

— O pequeno está tirando a soneca?

E essa seria a primeira frase que ele lhe diria depois de ter tomado assento no sofá — e isso até o fim dos tempos.

— Não. Às terças-feiras à tarde, ele fica no jardim de infância, bem perto daqui.

Ele sentiu que ela queria acrescentar algo, mas estava procurando as palavras.

— Eu tive medo que ligasse para o número antigo, AUTEUIL 15.28, e não para o que eu lhe dei.

— De jeito nenhum. Eu sei muito bem a diferença entre dia e noite.

E era verdade que àquela hora, naquela sala, tudo parecia claro, simples e natural.

— Da outra vez, quando saí daqui, achei que tinha cruzado na rua com o doutor Rouveix. Um moreno bronzeado, de cabelo curto, com uma pasta preta.

— Era ele.

— E tudo correu bem?

— Sim. Não era realmente uma vacina, mas um reforço.

Ele gostaria que aquela conversa continuasse a tarde toda naquele tom.

Estava com seu copo de suco de laranja na mão.

— E se brindássemos?

Ela soltou uma breve risada.

— Pois não.

Seus copos entrechocaram-se com um som cristalino.

Ele acabou perguntando:

— E a senhorita planeja ficar aqui mais algum tempo?

— Até o próximo ano letivo. Consegui uma vaga de professora em Neuilly, na escola Marymount. Conhece?

Não, ele nunca tinha ouvido falar daquela escola. Mas isso não tinha importância. O nome "Marymount" era de boa qualidade.

— Uma escola dirigida por freiras irlandesas. Eu convenci o senhor Heriford a matricular o pequeno lá. Eu teria a impressão de não o ter deixado.

Ela havia pronunciado as últimas palavras com voz grave, como se se sentisse responsável por aquela criança.

— Pensei muito no que me disse da última vez. Se não respondi de fato a suas perguntas foi porque não queria me envolver em coisas que não são da minha conta.

Ela de repente parecia mais madura do que a idade que tinha, e o contraste entre sua aparência de adolescente, ou de criança crescida depressa demais, e sua voz grave lembrou-lhe a personagem de um romance que ele lia havia algumas semanas: *A pequena Dorrit*.

— Eu mesma me faço muitas perguntas sobre essas pessoas porque tenho a responsabilidade dessa criança.

Bebeu um gole de suco de laranja, provavelmente para ganhar coragem de expor o que tinha no coração.

— Vim para cá por intermédio de uma agência de empregos de babás, governantas e trabalhadoras domésticas... A agência Stewart...

Ela franzia a testa. Aparentemente, tentava entender uma situação que lhe parecia bastante confusa. Acaso não era uma abordagem análoga à sua? Quem sabe? Eles poderiam se ajudar mutuamente. Ela devia ter adivinhado que ambos se faziam as mesmas perguntas.

— Não sei muita coisa sobre esse senhor Heriford. Na agência Stewart, disseram-me que a mulher dele estava morta ou desaparecida.

— E durante o dia, ele nunca está?

— Nunca. Acho que sai bem cedo de manhã. Até fico pensando se ele dorme aqui.

Ela parecia aliviada por contar a alguém detalhes que observava ao redor desde que cuidava da criança. E todas as noites, pensou ele, quando ela estava no quarto dos fundos, devia ser torturante sentir-se em território desconhecido.

— Ele só me deu um número de telefone para falar com ele durante o dia.

Ele gostaria de lhe pedir que o mostrasse, provavelmente era um daqueles novos números só com algarismos que nos deixam no escuro. Pelo menos com o indicativo de estação dos números antigos, sabíamos imediatamente de que bairro se tratava. E isso facilitava as buscas.

— Talvez ele trabalhe num escritório.

— Talvez.

Mas ela não tinha jeito de estar convencida.

— O senhor me perguntou quem eram as pessoas que vêm aqui à noite ou de madrugada. Consegui saber os nomes de algumas.

Levantou-se:

— Com licença? Anotei num caderno.

Ela saía, e ele ficava sozinho na sala silenciosa e ensolarada. A janela estava entreaberta, e a folhagem da castanheira oscilava suavemente. Com o olhar fixo na folhagem, ele se deixava embalar por ela. Cinquenta anos depois, lembrava-se daquele momento, quando o tempo tinha parado. Também se lembrava daquela luz de primavera na qual ele flutuava e nada mais tinha importância.

Quando ela voltou à sala, ele teve um sobressalto, como se tivesse acordado. Ela se sentou de novo ao lado dele. Trazia na mão um caderno escolar com capa azul-celeste. Abriu-o e inclinou um rosto atento para as folhas quadriculadas.

— De fato há, entre esses nomes, uma senhora Hayward. Da outra vez o senhor me disse que a conhecia.

Ele ficou surpreso por ela ter guardado aquele nome. Isso provava que tinha ouvido atentamente todas as suas mínimas palavras.

— Ela vem aqui com frequência, sozinha ou com o marido, chamado Philippe Hayward. Ele é amigo do senhor Heriford.

— E Camille Lucas está na sua lista?

Ele não se atreveu a dizer-lhe que ela era apelidada de "Caveira".

— Está, ela também é amiga do senhor Heriford. Posso citar outros nomes.

Ela consultava o caderno novamente. Daqueles nomes, três lhe lembravam algo. Andrée Karvé. Jean Terrail. Guy Vincent. E certamente alguns outros, se ele lesse aquela lista com mais tempo para pensar.

— Onde encontrou todos esses nomes?

— Na agenda do senhor Heriford. Ele a esqueceu aqui na semana passada. Certamente são pessoas que vêm à noite.

Ela fechava o caderno. Ficava à espera do comentário dele sobre aquilo e talvez até da solução de um enigma.

— Conheço os nomes de algumas pessoas. Se me entregar a lista, tenho certeza de que, entre todos esses nomes, outros me lembrarão alguma coisa. E entenderemos melhor o que acontece aqui.

Ela o ouvia atentamente e balançava a cabeça. Ele estava surpreso com tanta boa vontade.

— Seria melhor o senhor não voltar mais aqui à noite — disse ela. — É muito arriscado... Não é gente boa.

Ele sentiu que ela estava preocupada com ele e até tentava protegê-lo. E aquilo, vindo de uma moça de aparência tão frágil, deixou-o emocionado.

— Vou ficar tranquila quando assumir meu posto no Marymount. E, quanto ao pequeno, será muito melhor que esteja matriculado lá.

Ela estava a ponto de lhe fazer uma confidência. Finalmente decidiu:

— Eu estava quase falando com o doutor Rouveix para lhe pedir um conselho, mas agora que o senhor está aqui...

— Acima de tudo, não fique apreensiva.

Ele deu de ombros e apontou para a janela entreaberta.

— Nunca vi primavera tão bonita em Paris.

Ela fixava o olhar na janela e nas folhagens da castanheira. Virou-se para ele e, aparentemente, todas as preocupações se tinham dissipado.

Ele se perguntava se tinha mesmo dito naquela hora: "Nunca vi primavera tão bonita em Paris"; ou se acaso não era a lembrança daquela primavera que o fazia escrever essas palavras hoje, cinquenta anos depois. Era grande a probabilidade de não ter dito absolutamente nada.

— Estou pensando... Não sei se vai lhe interessar...

Ela folheou o caderno com mão leve e parou numa página onde aparentemente havia anotado alguma coisa.

— O senhor Heriford não é locatário aqui. Este apartamento é emprestado por uma amiga. Quando comecei a trabalhar aqui, dois anos atrás, ele me mandou duas ou três vezes levar cartas para ela.

Com a cabeça inclinada sobre o caderno, ela franzia a testa, como se tivesse de ler uma palavra difícil de decifrar.

— O nome dela é Rose-Marie Krawell.

— Ah, tá. E ela mora em Paris?

— Nos envelopes, o endereço era do Sul. Esse nome lhe diz alguma coisa?

— Não. Nada.

Ele tentou permanecer impassível. Afinal, ela talvez estivesse armando uma cilada. Mas ele não tinha de fato nenhuma razão para desconfiar dela, como desconfiava de "Caveira" e Martine Hayward.

— E já a viu por aqui?

— Uma vez, dois anos atrás. Ela veio visitar o senhor Heriford. Uma mulher de uns cinquenta anos, loira, cabelo bem curto, que fuma muito.

Ele tinha vontade de lhe perguntar se Rose-Marie Krawell continuava acendendo seus cigarros com isqueiro, aquele isqueirinho perfumado, de prata, que ela lhe emprestava, recomendando que tomasse cuidado com a chama.

— Ela demonstrava intimidade com o senhor Heriford.

Ele se mantinha em silêncio, esperando que ela lhe desse mais detalhes. Mas era só disso que ela se lembrava sobre Rose-Marie Krawell.

Decididamente, o círculo estava se fechando em torno dele. Se estivesse sozinho, teria sentido certa ansiedade, mas ali, em companhia daquela que ele já chamava em pensamento de "pequena Dorrit", teve quase vontade de rir. Portanto, Rose-Marie Krawell, quinze anos depois, ainda era proprietária da casa da rue du Docteur-Kurzenne, que tinha sido visitada por "Caveira" e Martine Hayward, e proprietária também daquele apartamento de Auteuil aonde "Caveira" o levara; esta, além disso, tinha trabalhado na contabilidade do escritório de Guy Vincent... Ele acabava se convencendo de que todas aquelas pessoas estavam tecendo uma teia de aranha na qual esperavam prendê-lo. Mas com que objetivo? E desde quando seguiam seu rastro?

— Parece preocupado.

Não realmente preocupado. Mas ficou fora de si ao ver aparecer de repente, como na tela de uma máquina de raios X, os elos que uniam aquelas pessoas. Em quinze anos, esses elos

tinham se ramificado e formado, com recém-
-chegados, uma rede muito compacta, da qual
ele também fazia parte, sem saber, como nos
tempos de infância.

— Nenhum de nós tem razão alguma para
se preocupar.

Ela sorriu e tomou um gole de suco de laranja.

— A propósito, não haveria na lista certo
Michel de Gama? Gama com "de" antes?

Ela abriu novamente o caderno e leu a primeira página. Depois de muito tempo, disse:

— Não com "de" antes.

E soletrou o nome: Michel Degamat.

Ele entendeu por que, no café de Saint-
-Lazare, o suposto de Gama tivera aquela
reação violenta quando ele, Bosmans, aludi-
ra a Vasco da Gama. Michel Degamat. Esse
era o nome que provavelmente figurava em
alguma ficha antropométrica com uma foto
de frente e outra de perfil e, embaixo delas,
a data em que tinham sido tiradas na chefa-
tura de polícia. Talvez sua primeira impressão fosse a certeira: aquele Michel Degamat
conhecera Guy Vincent durante um período
passado na prisão na época da casa da rue
du Docteur-Kurzenne. Caso contrário, onde

o teria conhecido? Ele se lembrava de uma conversa telefônica que surpreendera certa manhã quando passava diante da porta do quarto ocupado por Rose-Marie Krawell, em especial a seguinte frase: "Guy acaba de sair da prisão"; frase que ele ainda ouvia, depois de quinze anos, dita pela voz grave e ligeiramente rouca de Rose-Marie Krawell. Os adultos sempre deveriam falar em voz baixa, porque é preciso desconfiar das crianças.

— Vou fazer uma última pergunta — disse ele sorrindo. — A senhora teria visto, aqui, outro amigo do senhor Heriford, certo Guy Vincent?

— Guy Vincent?

Ela pronunciara o nome em voz baixa, e esse nome, vindo de tempo tão longínquo, provocou nele um efeito esquisito.

— Um homem muito alto, elegante, cabelo castanho-claro ou talvez grisalho.

Ela franziu a testa novamente à maneira de uma escolar que acabou de ser interrogada inesperadamente e procura a melhor resposta.

— Um homem bem alto que parecia americano?

— Sim.

— O senhor Heriford me disse que ele morava na América. Tinha vindo uma vez... Tinha trazido um presente para o pequeno...

Dar presentes era um hábito de Guy Vincent, no tempo da rue du Docteur-Kurzenne. Ele se lembrava da bússola de metal prateado em cujo tampo Guy Vincent mandara gravar seu nome: Jean Bosmans. Ficara com ela vários anos, até que fosse roubada num dos internatos onde passara a adolescência. Ele nunca tinha conseguido se resignar àquela perda. Uma bússola. Guy Vincent talvez tivesse achado que ela o ajudaria a guiar-se na vida.

Ela fechara o caderno, e ele desistiu de lhe fazer outras perguntas, assim como tinha desistido de lhe explicar por que as fazia. Teria sido obrigado a falar da infância e das pessoas estranhas com que tinha convivido naquela época. Alguém escrevera: "Somos de nossa infância como somos de um país"; mas ainda era preciso explicar de qual infância e de qual país. Teria sido difícil para ele. E ele realmente não tinha coragem nem vontade de fazê-lo, naquela tarde.

Ela olhara para o relógio de pulso.

— Daqui a pouco tenho de ir buscar o pequeno.

—Posso acompanhá-la em parte do caminho...

Ambos seguiam pela rua onde ele tinha cruzado com o doutor Rouveix na outra tarde. Era o mesmo clima primaveril daquele dia.

Bastava andar com ela sob o sol e respirar o ar leve para que as pessoas cujos nomes ela mencionara perdessem toda realidade. Mesmo que tivessem levado vaga existência no passado distante, não se encontraria mais nenhum vestígio delas na luz do presente. E seus nomes não evocariam mais nenhum rosto para ninguém.

Ela segurava o caderno.

— Desculpe ter-lhe feito todas aquelas perguntas.

— Não há por que... fiquei aliviada por podermos esclarecer as coisas juntos.

Ela abria o caderno e rasgava a primeira página.

— Tome... Eu tinha esquecido de lhe dar a lista de nomes.

Ela dobrava a folha em quatro e entregava.

— Talvez outros nomes que o senhor leia aí nos permitam ver com mais clareza. Poderá dizer isso da próxima vez.

Ela lhe tomou o braço como se quisesse guiá-lo.

Tinham chegado à porte d'Auteuil, e ela o puxou para uma rua que ele não conhecia, apesar de ter percorrido o bairro muitas vezes. Caminhavam pela calçada da esquerda onde se adivinhava, atrás dos prédios, uma grande extensão de vegetação que devia ser um parque, ou o começo do bosque de Boulogne. Ou simplesmente um prado. Se não houvesse alguns carros estacionados diante daqueles prédios, Bosmans teria acreditado que no final da rua eles se veriam em plena zona rural.

Ela parou na altura de uma grade na qual uma placa de cobre indicava: ESCOLA SÃO FRANCISCO. JARDIM DE INFÂNCIA. Ela consultou o relógio de pulso.

— É melhor nos despedirmos. Volta quando?

— Amanhã, se quiser. Sempre à mesma hora.

Ela sorriu. Detrás da grade, fez-lhe um aceno. Ele se sentia tentado a esperá-los ali, na calçada. Gostaria muito de conhecer aquela criança.

Seguiu a rua na direção inversa; estava tão calma e tão campestre que lhe parecia andar longe de Paris. Era a hora azul, como teria dito Guy Vincent.

Na agenda encapada de couro verde, aquela que não se podia saber de que ano era, a maioria das páginas estava em branco. Guy Vincent anotara compromissos da vida cotidiana. Quarta-feira, 5 de janeiro: barbeiro. 18 de fevereiro: Eliott Forrest. Hotel Lancaster. Quinta-feira, 15 de março: oficina Banville. Quarta-feira, 14 de maio: alfaiate, Austen, rue du Colisée. 18 de setembro: 9h45, Gaëlle, estação Austerlitz. 19 de outubro: 11h, Jean Terrail, rue Chardon-Lagache, 33... Mas, ao deparar com a página de 20 de outubro, seu coração bateu mais forte. Estava escrito: Jean Bosmans, rue du Docteur-Kurzenne, 38. Bússola.

Era certamente o dia em que Guy Vincent lhe levara a bússola em cujo tampo tinha mandado gravar seu nome. Lembrou-se de que aquilo acontecia no período de volta às aulas. Ele já não iria para a escola Jeanne-d'Arc, mas um pouco mais longe, para a escola comunal da cidadezinha. Guardava a bússola num dos bolsos de seu avental, mas evitava mostrá-la aos colegas.

Ficou surpreso por ver seu nome naquela agenda entre as páginas em branco — principalmente quinze anos depois. Dava a impressão de que, atravessando todos aqueles anos, lhe chegava finalmente um jato de luz, como de uma estrela morta.

A partir daquela data de 20 de outubro, todas as páginas estavam em branco, até o final do ano. Ele gostaria muito de ter nas mãos a agenda do ano seguinte. Mas provavelmente não houvera agenda naquele ano. A frase que ele ouvira atrás da porta da sala, dita ao telefone com voz grave por Rose-Marie Krawell: "Guy acaba de sair da prisão"; foi muito tempo depois de ele lhe dar a bússola.

Era uma tarde de verão. Lembrava-se da mancha de sol na porta do quarto e da mosca que, atravessando-a lentamente, ele não conseguia deixar de olhar. Não ousava se mover. Um dia de calor e férias. Julho ou agosto, certamente. Verão que, com a distância, se tornara intemporal. De que adianta tentar encontrar o mês exato ou o ano? Ele ficava lá, imóvel, diante da mancha de sol na porta.

No final dos anos 90, Bosmans havia recebido a seguinte carta:

Prezado senhor,

Sou leitor de seus livros e notei que neles, em várias ocasiões, o senhor faz alusão a certo Guy Vincent, que às vezes chama de Roger Vincent. Parece-me ser o mesmo homem.

Suponho que haja vários Guy (ou Roger) Vincent na França, mas, pelo que escreve de sua "personagem", estou convencido de que o Guy Vincent (ou Roger) de seus livros é aquele que conheci há muito tempo. É por isso que tomo a liberdade de escrever-lhe.

Conheci Guy Vincent no Liceu Pasteur de Neuilly. Tínhamos ambos dezesseis anos e estávamos no primeiro ano. Ele era um rapaz muito simpático, um pouco desmiolado, "porra-louca", como se diz, mas sempre pronto a servir e apoiar os outros quando estavam passando necessidade. Largou o liceu no meio do ano letivo para se matricular num curso particular onde eu ia falar com ele de vez em quando. Ele me levava ao cine Balzac, para ver filmes americanos, e a diversos cafés da Champs-Élysées e de Montparnasse, que ele já frequentava aos dezessete anos. Uma vez fui com ele à sua casa, um apartamento ao lado da place Pereire, onde morava com a mãe. Ele me disse que ela era de origem americana. Guy fazia parte da equipe de esqui júnior (?) ou universitária (?) e me enviou uma foto sua, durante uma competição, que anexo a esta carta.

Aí veio a guerra, e nos perdemos de vista. Encontrei-o por acaso algum tempo depois da Libertação. Explicou-me que trabalhava na embaixada americana. Estava casado, e nos encontramos várias vezes com sua esposa Gaëlle. Moravam numa pequena mansão ao lado do boulevard Berthier. Guy me explicou que ela tinha sido requisitada para ele pela embaixada americana. *Depois, achei que ele tinha saído da França, porque ninguém atendia ao telefone na casa dele. E na embaixada americana, onde tentei encontrá-lo, não o conheciam. Nunca mais tive notícias dele nem de sua mulher.*

A não ser cerca de dez anos depois, por meio de um magistrado amigo meu, que estudara em nossa classe do Liceu Pasteur. Ele me disse que, em várias ocasiões, Guy tivera problemas com a justiça, principalmente por estar envolvido numa grande falcatrua "dos cheques postais", de cujos detalhes não entendi nada, quando esse amigo quis me explicar. Aliás, Guy não teria entendido nada também, pelo que eu sabia dele. É por isso que acredito em sua inocência.

Não sei se ainda está vivo. Já não somos muito jovens, ele e eu, como pode imaginar. Talvez ele tenha entrado em contato com o senhor, em consequência de seus livros. Em todo caso, posso dar meu testemunho de que ele era o que se chama de bom moço.

À carta, assinada com as iniciais N. F., foi anexada uma foto de um homem muito jovem em trajes de esquiador. No verso da foto, estava escrito com tinta preta: Megève. Fevereiro de 1940. Campeonato Universitário de Esqui. Descida de Rochebrune. 2º Vincent, atrás de Rigaud e Dalmas de Polignac empatados.

Uma noite, Camille lhe fez perguntas insidiosas. Tinha saído do emprego em Saint-Lazare e até da casa onde morava. Agora vivia num quarto no quai de la Tournelle, 65, velha construção baixa que era um hotel, do qual ela parecia ser a única hóspede. Sua janela dava para o Sena. Enfim, ela tinha encontrado um cargo de contadora numa grande oficina da rue des Fossés-Saint-Bernard.

Não tinha apresentado razões precisas para essa súbita mudança para a margem esquerda, a não ser que queria "mudar de ares". Quando ele lhe perguntara em tom irônico se não era para "destruir pontes" com Michel de Gama e o hotel Chatham, ela se limitara a balançar a cabeça afirmativamente, sem nenhum comentário.

Naquela noite, no minúsculo restaurante vietnamita da rue des Grands-Degrés, perto do cais, a conversa orientou-se para um terreno no qual ele sentiu que devia dar mostras de certa prudência.

Tinham acabado de se sentar à mesa, ela lhe disse de maneira bastante abrupta:

— Há uma coisa que eu gostaria de saber: por que você roubou a agenda e a foto do tal Guy Vincent?

Ele entendeu imediatamente que essa pergunta ela queria fazer havia muito tempo e finalmente tinha decidido. Até então, acreditara que aquilo lhe era totalmente indiferente.

— Comecei um romance e preciso de objetos específicos para me ajudar a escrever. A partir daquela foto e da agenda, posso pôr a imaginação para trabalhar.

Ele tentara ser o mais sério e convincente possível.

— Mas por que esse Guy Vincent?

Ela insistia de uma maneira que lhe pareceu suspeita. Agora era necessário pesar as palavras.

— Com a foto e a agenda, fica mais fácil criar uma personagem de romance. Poderia ter calhado de ser outro. Michel de Gama, por exemplo, ou você.

— É mesmo?

Ela o fitava com um olhar esquisito. Não parecia de modo algum convencida. Ele adivinhou que outra pergunta lhe queimava os lábios, pergunta que podia colocá-lo em situação difícil.

107

— Eu folheei a agenda de Guy Vincent. Por que, numa das páginas, ele escreveu seu nome?

— Sim, é estranho... Mas Bosmans é um sobrenome muito comum na Bélgica e no norte da França.

Ela parecia desconcertada. Ele dera aquela resposta em tom calmo. E acrescentou:

— Aliás, aquela agenda data de uns vinte anos atrás... Na época, eu ainda devia estar no berço...

Ela deu um leve sorriso.

— Sim, mas o nome também é o mesmo.

— Todo mundo se chama Jean.

Fez-se entre eles um longo silêncio, que teria parecido mais pesado para ele se o rádio não tivesse sido ligado no balcão do restaurante, como de costume.

— E o que é ainda mais curioso é o endereço que ele escreveu; o endereço da casa que visitamos no outro dia com Martine Hayward.

— Ah, é? Tem certeza?

Ele tinha se esforçado ao máximo para assumir um ar de espanto, mas estava cansado daquele jogo.

— Tenho certeza.

Ela o fitava de novo de um jeito esquisito.

— Ele também pode ter estado naquela casa.

Mas pareceu-lhe que tinha falado demais.

— Talvez.

Ela deu de ombros. E a conversa retomou um rumo normal. Ela lhe falou do trabalho com a contabilidade da oficina da rue des Fossés--Saint-Bernard e confidenciou-lhe que estava muito contente de morar naquele bairro.

Noutra noite, estavam andando ao longo dos cais da Tournelle e Montebello. Uma noite de primavera. E ele comentou que, de fato, sente-se melhor a amenidade dessa estação andando ao longo daqueles cais e das ruazinhas das vizinhanças do que em Saint-Lazare e Pigalle.

Ela lhe fez a pergunta abruptamente:

— Você é feliz, Jean?

— Sou.

Ele o dissera sem muito entusiasmo.

Naquele momento, teve vontade de responder com franqueza às perguntas que ela fizera no restaurante vietnamita. Sim, o Jean Bosmans, cujo nome estava na agenda de Guy Vincent, era ele mesmo. E, na época, eu morava na casa que vocês foram ver, você e Martine Hayward, no número 38 da rue du Docteur-Kurzenne.

Ele desconfiava de Camille, embora ela não nutrisse más intenções para com ele. Ela lhe escondia certas coisas, mas aquilo lhe conferia um encanto especial. Um dos livros de cabeceira dele, ao lado das *Memórias* do cardeal de Retz e algumas outras obras, era um tratado moral intitulado *A arte de calar*. Desde a infância, ele sempre tentara praticar essa arte, dificílima arte, a que ele mais admirava, a que podia ser aplicada a todos os campos, mesmo ao da literatura. Acaso seu professor não lhe ensinara que a prosa e a poesia não são feitas simplesmente de palavras, mas sobretudo de silêncios?

Desde o primeiro encontro, ele notara em Camille grande aptidão para o silêncio. As pessoas, em geral, costumam falar demais. Depressa ele entendeu que ela sempre guardaria silêncio sobre seu passado, suas relações, seu uso do tempo e talvez também suas atividades contábeis. Não se zangava com ela por isso. Gosta-se das pessoas como são. E mesmo quando elas despertam alguma desconfiança em nós. Um detalhe, porém, o preocupava: o momento em que esteve com Camille no hotel Chatham, na sala de Guy Vincent. Ele tinha pensado nas estátuas de cera de tamanho humano exibidas no museu Grévin: ele sentado atrás da mesa na qual havia uma foto de Guy Vincent em moldura de couro, e uma das gavetas da mesa na qual eram descobertas a agenda e as folhas de papel com seu nome.

No museu Grévin, a cena teria sido intitulada: "Um visitante na sala de Guy Vincent." E ele se perguntava se Michel de Gama e Camille não teriam preparado tal cenário um dia antes de sua visita, com velhos acessórios, sabendo que ele conhecera Guy Vincent outrora, na infância. Aliás, seu nome, Jean Bosmans, com o endereço da casa, rue du Docteur-Kurzenne, figurava numa das páginas da agenda, e eles sabiam disso. Mas todas essas precauções para reconstituir em sua honra "a sala de Guy Vincent" tinham sido tomadas com que propósito? Camille devia ter alguma ideia a respeito.

Naquela noite de primavera, depois de seguir pelos cais, eles tinham entrado pela rue Saint--Julien-le-Pauvre. E ele decidiu fazer-lhe a pergunta, sem muita esperança de obter resposta.

— Bizarro, não, aquela visita à antiga sala de Guy Vincent?

Ela ia levada por seu braço, e ele sentiu a mão dela crispar-se.

— Dava a impressão de estar no museu Grévin.

Ele esperava que essa reflexão a descontraísse e talvez a levasse a fazer uma confidência. Mas não, nada. Ela continuava muda.

Tinham chegado à altura do jardim e da igreja grega. Ela ergueu a cabeça em sua direção.

— Jean... Você precisa ser cuidadoso. Há pessoas que querem seu mal.

Ela dissera isso muito depressa, e não em sua costumeira voz arrastada e plácida. Ele não esperava absolutamente aquilo.

— E quem são essas pessoas? Talvez Michel Degamat? Degamat, tudo junto, sem "de" separado?

Ele pronunciara essa frase fitando-a diretamente nos olhos, mas ela de novo guardava silêncio. Fizeram meia-volta em direção aos cais. Andando, ela apertava mais o braço dele. Decididamente, ela praticava a arte de calar quase tão bem quanto ele. Mas isso não os impedia de entender-se com meias palavras.

"Caveira", ou melhor, Camille, pois com o tempo ele estava ficando cansado de escrever "Caveira", saiu de Paris por alguns dias. Disse-lhe que o chefe a mandava a Bordeaux para verificar as contas de outra oficina sua. Na hora, ele não se perguntou se ela estava mentindo para justificar a ausência. Foi no dia seguinte, depois de sua partida, que ele levantou algumas questões.

Por volta do meio-dia, bateram à porta do quarto do quai de la Tournelle, e, ao abrir, ele teve a surpresa de ver Martine Hayward à sua frente.

— Bom dia, Jean.

Ela nunca o chamara pelo primeiro nome, e, desde que Camille morava naquele quarto, ele nunca a tinha visto com ela no bairro.

Convidou-a a entrar, e ela se sentou na beira da cama, como se aquele quarto lhe fosse familiar.

— Desculpe-me por vir aqui de improviso, mas preciso lhe pedir um favor.

Ela sorriu para ele envergonhada.

— Eu sei que Camille está ausente, se não fosse isso, seria a ela que eu pediria esse favor.

Ele continuava em pé diante dela, espantado por vê-la sentada naquela cama, naquele quarto. De repente, teve a impressão de que ela morava lá, e era ele que a visitava.

— Eu me mudo para a casa que nós fomos ver há quinze dias. Lembra-se disso, Jean? Imagine que eu perdi minha carteira de motorista e outros documentos.

Parecia que estava recitando um texto que acabava de aprender e que titubeava nas palavras.

— Ainda preciso ir pegar algumas coisas na pousada do meu marido, dos lados de Chevreuse, onde passamos da última vez. E deixá-las na minha nova casa. Será que poderia me levar até lá de carro?

Ele não sabia o que responder. Sua insistência em chamá-lo de "Jean" lhe parecia suspeita.

— Meu carro está lá embaixo. Vim dirigindo de Auteuil até aqui sem carta, com medo de um controle.

— Auteuil?

— Sim, Jean. Nessa fase de mudança, tenho passado as noites no apartamento de Auteuil.

Definitivamente, voltava-se sempre para os mesmos lugares. Ele pensou em Kim e nas tardes ensolaradas. E, como Martine Hayward estava sentada, ali, na cama, ele se sentiu tentado a perguntar-lhe como transcorriam as noites no apartamento de Auteuil.

— Você entende, Jean... o caminho é longo, sem carteira de motorista, até o vale de Chevreuse. Seria mais prudente se você dirigisse. Eu sei que sou uma idiota, mas sempre tive medo de controles policiais.

O mesmo trajeto, no mesmo carro. Mas ele não estava no mesmo estado de espírito da primeira vez e sentia certa apreensão com a perspectiva de daí a pouco encontrar a casa da rue du Docteur-Kurzenne. Lembrava-se do tempo passado com Camille na "sala de Guy Vincent", sentado como um homem de cera do museu Grévin. E agora era Martine Hayward que o arrastava para lugares do passado, Martine Hayward, de quem ele desconfiava muito mais do que de Camille e cujas segundas intenções era mais difícil adivinhar.

Desta vez, tinham saído de Paris pela porte de Châtillon. Ele conhecia bem o itinerário, mas fazia tempo que não dirigia. Não tinha certeza de estar com a carta de motorista na carteira e preferiu não verificar. De qualquer modo, estava coberto por uma espécie de imunidade, como nos sonhos em que, encontrando-nos em má situação, sempre temos a possibilidade de acordar.

Entrava-se no vale de Chevreuse. Ele o sentiu pelo frescor do ar e pela luz suave, verde e dourada, que se filtra através da folhagem das árvores. Sim, talvez fosse a sensação de voltar ao passado depois de quinze anos.

— Fica com frequência naquele apartamento de Auteuil?

Sob a influência reconfortante do vale de Chevreuse, onde tinha a impressão de estar deslizando, mas não de carro, e sim ao longo de um rio, numa canoa, ele já não desconfiava realmente de Martine Hayward.

— Sabe, eu sou um pouco secretária e colaboradora de René-Marco... O apartamento onde ele mora é bem grande... É um ponto de encontro... Uma espécie de clube onde as pessoas se encontram à noite e até de madrugada.

— Uma casa de *rendez-vous*?

— Sim. Vamos chamar de casa de *rendez-vous*.

Ela deu de ombros, e ele entendeu que não tinha vontade de falar mais sobre o assunto. Mas, depois de um longo silêncio:

— René-Marco é amigo do meu marido. Tem um filhinho, mas a mulher o abandonou há dois anos. Como dizer? É uma pessoa instável, alguém que vive de expedientes. Mais ou menos como o meu marido...

Ele ficou surpreso com aquela confidência. E, como se quisesse fazê-lo esquecer as últimas palavras que tinha pronunciado:

— Uma coisa engraçada, imagine... A proprietária da casa que eu aluguei é a mesma do apartamento de Auteuil.

Ela estava voltada para ele e sorria. Talvez observasse como ele reagiria.

— Aliás, é bastante lógico, porque ela é madrinha de René-Marco.

— E a conhece?

Tinha feito a pergunta em tom indiferente.

— Na verdade, não. Devo tê-la visto uma vez na casa de René-Marco. Uma certa Rose-Marie Krawell.

Seu olhar se demorava sobre ele, que não conseguia saber ao certo se ela estava espiando o modo como aquele nome o afetava.

— René-Marco pegou muito dinheiro emprestado dela. O meu marido também. Eles a conheceram quando eram mais jovens.

Ela parecia estar falando para si mesma; ou será que tentava infundir-lhe confiança, para falar também?

— Ela agora está morando na Riviera Francesa.

— Tem o endereço dela?

— Não. Por quê?

Ele estava arrependido de ter feito essa pergunta. Mas era irresistível.

— Porque o nome me diz alguma coisa.

De novo, o olhar dela fixo sobre ele. Talvez estivesse esperando que ele se expressasse com mais precisão. Ou será que estava simplesmente olhando para ele sem segundas intenções? Por via das dúvidas, ele decidiu ficar calado durante o restante do trajeto.

Parou o carro bem em frente aos degraus da pousada do Moulin-de-Vert-Cœur, e o prédio, de tão perto, pareceu-lhe mais escalavrado que da primeira vez. Seguiu com ela pelo corredor de entrada. No final, o escritório da recepção. Na parede, as chaves dos quartos. Ela pegou uma ao passar, e eles subiram por uma escada larga com corrimão e degraus de madeira clara. A impressão que se tinha, ao entrar no hotel, era de que na véspera todos os hóspedes haviam fugido de uma declaração de guerra ou de uma revolução.

No primeiro andar, ela abriu a porta do quarto 16. A folhagem de uma árvore penetrava pela abertura da janela. Os hóspedes não voltariam, o hotel estava cingido pela floresta, e a vegetação invadiria aos poucos o restaurante, a recepção, a escadaria e os quartos. Um armário estava escancarado, e as prateleiras, vazias. No canto do aposento, ao lado da janela, um sofá com um cobertor de pele. Uma escrivaninha, de frente para a janela, e, atrás da escrivaninha, uma poltrona sobre a qual havia uma mala de couro preto, do mesmo tamanho daquela que Martine Hayward tinha vindo buscar da primeira vez.

— Como está vendo, não tenho muita bagagem.

Tinha se sentado na beira do sofá. Fez-lhe um sinal para vir se sentar ao lado dela.

— É a última vez que venho a este quarto.

O vento soprou forte, e uma das folhas da janela bateu contra a parede. Ela se aproximara dele e pousara a cabeça em seu ombro. Sussurrou ao seu ouvido:

— Se soubesse de toda a tristeza da minha vida...

Depois o puxou para o sofá, um sofá largo e baixo, como os da sala do apartamento de Auteuil.

Na entrada da cidadezinha e depois de ultrapassar a prefeitura e a passagem de nível, ele sentiu leve apreensão. Talvez ela lhe tivesse armado uma cilada e, na casa da rue du Docteur-Kurzenne, ele estivesse sendo esperado por Michel de Gama e alguns comparsas, que lhe teriam preparado um novo quadro digno do museu Grévin, como no hotel Chatham: "Retorno à casa da infância depois de quinze anos." E ele finalmente entenderia o que aquela gente queria dele.

Mas, quando chegou ao final da ladeira e parou o carro, teve certeza de que não corria nenhum risco. A rua estava deserta e silenciosa.

Saiu do carro com ela e pegou a mala de couro preto do banco de trás. Cruzou atrás dela o portãozinho que dava para a rua, subiu os três degraus e depositou a mala na entrada da casa.

— Espero no carro.

De início ela pareceu surpresa com o fato de ele não querer entrar na casa, depois sorriu.

E, antes que ela abrisse a porta, ele fez meia-volta em direção à rua.

E agora era o mesmo itinerário de volta a Paris. Les Metz, os hangares e a pista do aeródromo Villacoublay, atrás do qual ele adivinhou a Cour Roland, o bosque de l'Homme Mort, depois o gramado e a horta de Montcel, o Val d'Enfer e o rio Bièvre correndo com um murmúrio de cascata. E, mais longe ainda, o vale de Chevreuse.

Ela olhava a estrada, à sua frente.

— Entendo que não quisesse entrar na casa. Trazia muitas lembranças.

Ele poderia ter ficado surpreso com essas palavras, as primeiras que ela proferia desde que tinham deixado a rue du Docteur-Kurzenne. Portanto, ela estava a par de tudo, e eis que ele achava isso perfeitamente natural e até esperado, como naqueles sonhos em que já sabemos o que as pessoas vão nos dizer, porque tudo recomeça, e elas já nos disseram o mesmo em outra vida.

— Não precisa falar, Jean. Eu entendo.

Sim, não é preciso falar. Eles tinham chegado ao Petit-Clamart, onde ele havia tomado um ônibus para Paris depois de andar quilômetros, no dia da fuga do internato.

— Há pouco, eu não queria deixá-lo triste... Mas Rose-Marie Krawell morreu no ano passado.

Triste? Não era o que ele sentia realmente, embora tivesse lembranças daquela mulher da casa da rue du Docteur-Kurzenne. Tivera esperanças de que Kim lhe desse o endereço dela na Riviera Francesa, pois tinha postado cartas de "René-Marco" para esse endereço. E talvez ela soubesse o número do telefone dela. Tinha até sonhado que lhe telefonava. Sua voz era distante, como as vozes da "rede" em AUTEUIL 15.28, mas ela respondia à maioria de suas perguntas. Silêncios e chiados de vez em quando, e, a cada vez, ele acreditava que a ligação tinha caído, e depois a voz de Rose-Marie Krawell era mais nítida, antes de sumir de novo. Por onde anda Guy Vincent? "Partiu definitivamente para a América, meu querido." Ela o chamava "meu querido" ou "meu menino". E ela dissera: "E você, meu menino, por onde anda?" E, no momento de responder, a linha tinha caído.

Anoitecia, e eles tinham chegado à porte de Châtillon. Ele perguntou para onde devia levá-la.

— Ao apartamento de Auteuil.

E suspirou. Essa perspectiva não parecia alegrá-la. Dissera "ao apartamento de Auteuil" como teria dito "ao escritório."

— Mas na semana que vem eu me mudo definitivamente para a casa.

Virou-se para ele e fitou-o com tristeza.

— Acho que você nunca vai me visitar lá.

Falava com ele como se fossem muito íntimos. Ele não respondeu nada.

— Eu aviso se encontrar alguma coisa que possa lhe interessar na casa.

Mais uma vez ele não respondeu nada. Essa frase, que ela tinha pronunciado em tom natural, tom de conversa corriqueira, provocou nele repentina preocupação.

Ele a acompanhou até a porta do prédio, mas ela o tomou pelo braço.

— Não quer andar um pouco?

Subiam pela rua, como ele tinha feito na outra tarde, quando cruzara com o doutor Rouveix.

— Camille me disse que vocês foram uma noite ao hotel Chatham, à sala de Guy Vincent.

Ela dissera "sala de Guy Vincent" em tom irônico e soltou uma breve gargalhada.

— Sabe, nunca houve sala de Guy Vincent.

Calou-se. Parecia preocupada. Ele achou que ela estava procurando palavras e iria dar-lhe uma má notícia: "Eu não queria deixá-lo triste, mas Guy Vincent morreu." E é verdade que isso o teria deixado triste. Um último elo se teria rompido, e um período de seu passado teria sido definitivamente engolido, enquanto ele permaneceria sozinho e órfão na praia. Mas órfão de quê? Não conseguiria responder com precisão a essa pergunta.

— Guy Vincent desapareceu há muito tempo... Voltou para a América... Deve estar vivendo lá com outro nome.

Ele ficou tentado a agradecer-lhe essa notícia tão boa. Aliás, ela confirmava aquilo em que ele sempre acreditara.

Agora seguiam pela rua em sentido inverso, como aquelas pessoas que não querem se despedir e revezam-se na companhia que fazem uma à outra no caminho de casa. E não acaba mais.

— Parece que você foi testemunha de alguma coisa, quinze anos atrás, naquela casa da rue du Docteur-Kurzenne.

Ela tinha parado e fitava diretamente seus olhos.

— Aqueles imbecis... estou falando de Michel de Gama, René-Marco e até de meu marido... tentaram entrar em contato contigo.

Tomava-lhe o braço de novo e o apertava mais. E, baixando a voz:

— Pediram a Camille e a mim que servíssemos de intermediárias.

Ele ainda não entendia muito bem, mas esperava realmente que ela esclarecesse as coisas.

— Aqueles três imbecis conheceram Guy Vincent quando eram muito jovens... na Penitenciária Central de Poissy.

Ela hesitava em continuar, como se tivesse vergonha de lhe dar esses detalhes. Ele gostaria de tranquilizá-la. Com ele, Bosmans, não era preciso ter esses escrúpulos.

— Quando eles saíram da prisão, Guy Vincent os ajudou. Meu marido e Michel de Gama lhe serviram mais ou menos como motoristas ou mensageiros. Foi por essa época que você morou naquela casa. Eles querem lhe perguntar se testemunhou algo que aconteceu naquela casa.

Claro que ele tinha entendido. Já não valia a pena ela esclarecer as coisas. Eles tinham chegado em frente ao prédio.

—Eles querem simplesmente fazer perguntas. São ingênuos e imbecis. Acreditam que você vai dizer onde está a ilha do tesouro.

Ela havia aproximado o rosto do rosto dele.

—Espero que eles não lhe façam mal. Tome cuidado de qualquer modo.

Roçou os lábios no rosto dele e, com suavidade, passou uma mão sobre sua testa. Antes que a porta do prédio se fechasse, ela lhe fez um sinal de adeus.

Ele se dirigiu para a estação de metrô Porte d'Auteuil. Estava esperando o sinal vermelho para atravessar a avenida e encontrava-se na frente do terraço envidraçado do restaurante Murat. Eram onze horas da noite e restavam pouquíssimos fregueses. A uma mesa do terraço, logo atrás do vidro, notou três homens. Reconheceu imediatamente Michel de Gama e René-Marco Heriford. O terceiro ele via de perfil.

Então, tomado por um desvario, entrou no restaurante e plantou-se diante da mesa.

Michel de Gama teve um leve sobressalto, mas sorriu para ele:

— Que bons ventos o trazem?

E apontou para os outros dois.

— Acho que conhece René-Marco. Este é Philippe Hayward, marido de Martine. É engraçado, estávamos falando justamente de você. Eu dizia aos meus amigos que você é escorregadio.

Os três o mediam em silêncio.

— Deixou Camille lá, no apartamento? — perguntou Michel de Gama em tom irônico. — Sente-se.

Mas ele ficava ali, em pé na frente da mesa deles. Não conseguia fazer nenhum movimento, como nos pesadelos. René-Marco e Philippe Hayward não desviavam o olhar dele.

— Sente-se. Faz tempo que temos algumas perguntas para lhe fazer. E espero que nos responda. Você é um rapaz que certamente tem ótima memória e confio que nos dará informações.

Michel de Gama dissera essas palavras com voz seca, como se desse ordens ou fizesse ameaças. E, de repente, ele sentiu que a paralisia se dissipava e aos poucos recuperava a agilidade.

— Esperem... Já volto...

E, com passos ágeis, caminhou em direção à saída do restaurante. No limiar, virou-se. Os outros três o olhavam, de olhos arregalados. Ele sentiu a tentação de dobrar o braço e lhes dar uma banana.

No momento em que atravessava a avenida, viu que Michel de Gama vinha correndo atrás dele. Imaginou que ele talvez estivesse armado. Correu também e embarafustou pela estação. Precipitou-se escadas abaixo e teve a sorte de dar imediatamente com um trem do metrô.

De volta ao quarto do quai de la Tournelle, ele sentiu alívio por se encontrar na outra margem do Sena. Deitou-se na cama. O que Camille estaria fazendo naquela hora, em Bordeaux ou em outro lugar? Um *bateau-mouche* passava, e seu feixe de luz projetava reflexos em forma de treliças na parede, reflexos que ele tinha visto muitas vezes, na infância, deslizar sobre uma parede semelhante e na passagem do mesmo *bateau-mouche*. Mas outra lembrança dessa época vinha à tona, tal como as flores estranhas que aparecem na superfície das águas adormecidas.

Ele ouvia de novo Martine Hayward dizer-lhe com sua voz ligeiramente rouca: "Parece que você foi testemunha de alguma coisa, quinze anos atrás." Era o último dia na casa da rue du Docteur-Kurzenne. De uma janela do primeiro andar que dava para o pátio interno, ele via dois homens debruçados sobre o poço; um deles segurava um farolete. Outro tinha inspecionado os pomares em espaldeira e vinha juntar-se a eles. Tinham vasculhado cada aposento da casa e até seu quarto de criança. No carro preto que esperava na frente da casa, um gendarme fardado estava ao volante, mas os outros usavam roupas comuns. Afora eles, não havia mais ninguém na casa: nem Rose-Marie Krawell, nem Guy Vincent, nem aqueles cujos nomes ele descobrira muito mais tarde, com quem tinha convivido regularmente naquela casa. Annie, Jeannette Coudreuse, Jean Sergent, Suzanne Bouquereau, Denise Bartholomeus, senhora Karvé, Eliott Forrest... Os anos tinham passado, e, quando ele se lembrava daquele dia, ficava admirado com o fato de os policiais não o terem interrogado.

Ele estava no corredor e surpreendera um deles descendo do segundo andar, depois de certamente ter vasculhado o quarto com lucarna, onde Annie dormia frequentemente. O homem cutucara seu ombro, dizendo: "O que está fazendo aí, garoto?" Depois tinha ido se juntar aos outros. Esse também não tivera a ideia de interrogá-lo. De qualquer modo, ele não lhe teria respondido nada. Sem dúvida Bosmans tinha começado naquele dia, ainda sem clara consciência, a praticar a arte de calar.

No fim daquele inverno, fora feita uma obra de alvenaria na parede direita do quarto da lucarna. Uma tarde, pela porta entreaberta, ele os tinha visto cavando um grande buraco na parede. Mas não se atrevera a entrar. De seu quarto, durante vários dias, ouvira marteladas e o barulho de entulho desmoronando. Uma noite, quando todos dormiam, ele tinha se esgueirado pelo corredor e subido até o segundo andar. O quarto com lucarna estava trancado. Alguns dias depois, após o almoço, sem chamar atenção de ninguém, ele entrara no quarto. A parede estava lisa e branca como sempre tinha sido. Nenhum vestígio do grande buraco que eles haviam cavado na parede, por trás do qual ele imaginava uma câmara secreta.

Guy Vincent morava na casa durante todo aquele período. Ocupava o quarto grande de Rose-Marie Krawell, no primeiro andar. Algumas pessoas iam visitá-lo, estacionavam seus carros na rue du Docteur-Kurzenne, mas iam embora sem pernoitar na casa. Bosmans não se lembrava de nenhum daqueles rostos. Aliás, estava na escola a maior parte do tempo. Era Guy Vincent, aparentemente, que dirigia as obras no quarto da lucarna. Ele tinha ouvido sua voz várias vezes quando atravessava o corredor, mas nunca ousara subir, embora soubesse que Guy Vincent não o repreenderia.

Depois, num sábado, quando não ia à escola, ele tinha visto da janela de seu quarto uma caminhonete com coberta de lona parar na frente da casa. Dois homens saíam e descarregavam caixas e grandes sacos de pano. De trás da porta de seu quarto, ele os ouvia subir devagar, com aquelas caixas e aqueles sacos, até o quarto com lucarna. Foram e voltaram várias vezes. Nos dias seguintes, os trabalhos de alvenaria não tinham parado.

***

Ele continuava deitado na cama e tinha apagado o abajur. Camille esquecera na mesa de cabeceira a caixinha cor-de-rosa que de vez em quando abria para pegar uma pílula e engoli-la jogando abruptamente a cabeça para trás. Ele fazia votos de que em Bordeaux ou em outro lugar ela não sentisse falta daquela caixinha. Depois, repetia mentalmente a frase de Martine Hayward: "Eles são ingênuos e imbecis. Acreditam que você vai dizer onde está a ilha do tesouro." Ele quase tinha pena deles. Mais uma vez, os reflexos em forma de treliças escorregavam pela parede. O *bateau-mouche* estava de volta. Ele revia outra parede, lisa e branca, a do quarto com lucarna. "O que está fazendo aí, garoto?", dissera o policial. E ele, por sua vez, sabia o lugar exato onde haviam cavado o buraco e feito as obras de alvenaria, mas ninguém pensava em ouvir o testemunho das crianças naquele tempo.

Nice, um mês de dezembro. Mas ele não tinha certeza do ano. 1980? 1981? Lembrava que a chuva caía sem parar fazia dez dias. Tinha pegado um táxi para ir ao centro. Na altura da praça Alsace-Lorraine, o motorista, que havia ficado em silêncio até então, disse-lhe de repente:

— Eu sempre fico deprimido quando passo por aqui.

Sua voz era rouca, e o sotaque, parisiense. Moreno, uns quarenta anos. Bosmans tinha ficado surpreso com aquela confidência. O homem havia parado o táxi no limite da praça.

— Está vendo aquele prédio à esquerda?

Apontava para um prédio com uma das fachadas para a praça, e a outra, para o boulevard Victor-Hugo.

— Durante dois anos fui motorista de uma senhora. Ela morreu aí, num apartamentozinho do terceiro andar.

Bosmans não sabia o que lhe responder. Por fim:

— Uma senhora que morava em Nice fazia tempo?

O táxi seguia pelo boulevard Victor-Hugo. O homem dirigia devagar.

— Ah, meu senhor... É complicado. Ela morava em Paris na juventude... Daí veio para a Riviera... Primeiro, Cannes, numa grande mansão em Californie... Depois, no hotel... e, em seguida, na praça Alsace-Lorraine, naquele apartamento bem pequenininho.

— Francesa?

— Sim. Completamente francesa, apesar de ter sobrenome estrangeiro.

— Sobrenome estrangeiro?

— É. O nome dela era senhora Rose-Marie Krawell.

Bosmans refletiu que uns dez anos antes esse nome o faria dar um pulo. Mas, desde então, os raros momentos em que certos detalhes de suas vidas anteriores se faziam lembrar, era como se só os visse através de um vidro fosco.

— Nos últimos tempos, eu ficava esperando no carro, em frente ao prédio. Ela não queria mais sair do apartamento.

— Por quê?

— Esse tipo de mulher bonita não suporta envelhecer.

— E o senhor acha que só as mulheres bonitas não suportam envelhecer?

Bosmans, ao dizer isso, tinha tentado rir, mas o riso era nervoso.

— Ela não queria ver mais ninguém. Se eu não estivesse lá, ela teria se deixado morrer de fome.

— E o senhor Krawell?

O motorista virou-se para Bosmans. Provavelmente estava surpreso por ele ter guardado o nome.

— O marido era falecido fazia tempo. Ela tinha herdado muito dinheiro dele.

— E o senhor sabe o que este senhor Krawell fazia?

— Um comércio enorme de peles. Ou alguma coisa assim. Mas isso fazia muito tempo, senhor. Antes da guerra e durante também.

Na infância, Bosmans nunca tinha ouvido falar desse homem. Aliás, como poderia ter se perguntado naquela idade se existia algum senhor Krawell?

— O mais triste é que, no final da vida, ela estava em péssima companhia.

Ele já tinha ouvido essa expressão de alguém.

— Má companhia?

— Sim, senhor. Por pessoas que estavam de olho no dinheiro dela. Isso acontece muitas vezes aqui com as ex-mulheres bonitas.

— Ex-mulheres bonitas?

— Sim, senhor.

Portanto, Rose-Marie Krawell era uma ex-mulher bonita. Esse qualificativo não teria ocorrido a Bosmans na época da rue du Docteur-Kurzenne.

— O senhor disse que estava indo para o centro. Vou deixá-lo na frente do Hotel des Postes? Pode ser?

— Pode — respondeu Bosmans maquinalmente.

O motorista parou na frente do Hotel des Postes e voltou-se de novo para Bosmans.

— Posso lhe mostrar uma foto?

Tirou-a da carteira e a estendeu a Bosmans.

— É uma foto da senhora Krawell quando era bem nova, com o marido e um amigo, em Èze-sur-Mer. A senhora Krawell me deu.

Os três estavam sentados a uma mesa no terraço de um restaurante de praia. Bosmans não reconhecia Rose-Marie Krawell. Uma mulher muito jovem, de fato. Só o olhar era o mesmo que pousava nele em outra vida. Imediatamente reconheceu Guy Vincent. O terceiro, mais velho, de rosto longo e estreito, cabelo preto puxado para trás, bigodinho fino, devia ser o senhor Krawell. O motorista retomou a foto, delicadamente, entre o polegar e o indicador, e colocou-a de volta com cuidado na carteira.

— Desculpe se o importunei... Mas toda vez que passo pela praça Alsace-Lorraine...

Ao sair do táxi, Bosmans estava tão perturbado que não sabia para onde orientar seus passos. Depois de vários desvios, viu-se muito mais tarde na praça Garibaldi, sem se ter dado conta de todo o caminho que havia percorrido. Tinha andado quase uma hora debaixo da chuva.

"Espere... já volto" eram palavras que ele proferiria muitas vezes depois, sem nunca cumprir a promessa, e, a cada vez, elas marcariam uma ruptura em sua vida. Nas noites que passava sozinho no quai de la Tournelle, aqueles indivíduos sentados atrás da janela do restaurante, Michel de Gama a persegui-lo enquanto ele embarafustava pela estação de metrô eram imagens que surgiam duas ou três vezes em seus sonhos. Haveria fugas e rupturas semelhantes ao longo dos anos seguintes, e elas poderiam ser resumidas em duas frases que ele repetia mentalmente: "A brincadeira já durou bastante", mas, acima de tudo: "É preciso cortar as pontes." E sua vida, durante muito tempo, seguiria esse ritmo convulsivo.

Camille não dava mais notícias. Bosmans tinha a impressão de que ela deixara para trás, no quarto, um cheiro de éter, cheiro ao mesmo tempo fresco e pesado que lhe era familiar desde a infância. O verão começara. Em 1º de julho, ele se levantou por volta das sete horas.

Juntou numa maleta as poucas roupas que tinha. E, do quai de la Tournelle, caminhou até a gare de Lyon numa daquelas manhãs radiosas que nos fazem esquecer tudo.

Nas bilheterias da estação, comprou uma passagem de segunda classe para Saint-Raphaël. O trem partia às nove e quinze. Era o primeiro dia de férias, e não havia mais nenhum lugar livre nas cabines. Estava de pé, no corredor, e, quando viu lá embaixo o desfile dos prédios da ruazinha Coriolis, teve a impressão de que estava deixando algo de si e saindo de Paris para sempre.

Em Saint-Raphaël, um ônibus, num percurso à beira-mar e depois por curvas fechadas que lhe pareceram estradas de montanha, levou-o para uma cidadezinha do maciço de Maures. Anoitecera, e ele encontrou um quarto para alugar na praça, acima do café. Em breve, a luz do café se apagou, e tudo silenciou. Ninguém mais iria procurá-lo ali, nem Michel de Gama, nem René-Marco Heriford, nem Philippe Hayward, os três "imbecis", como dizia Martine Hayward, que, achava ele, poderiam ser perigosos, como a maioria dos imbecis.

Antes de pegar no sono, ele tentou recapitular as várias peripécias daqueles últimos meses. O apartamento de Auteuil, o vale de Chevreuse e a rue du Docteur-Kurzenne de repente lhe pareceram regiões distantes. Teve um ataque de riso quando pensou que aqueles três "imbecis" iam parar, um dia ou outro, na casa que Martine Hayward alugara e tentariam descobrir o esconderijo onde Guy Vincent havia enterrado seu tesouro. Se a polícia tinha malogrado quinze anos atrás, aqueles amadores não se sairiam melhor, a menos que arrombassem todas as paredes da casa com uma britadeira. Eles deviam achar que estavam jogando "a última cartada", mas bastava olhar a cara deles para entender que nunca tinham jogado boas cartas na vida.

Acordou bem cedo naquela manhã. O café ainda não estava aberto na pracinha deserta. Saiu andando pela cidadezinha adormecida e passou em frente ao correio. Teve vontade de lhes enviar um telegrama para o endereço do hotel Chatham ou do apartamento de Auteuil:

BOA SORTE. NÃO DEIXEM DE ME AVISAR QUANDO ENCONTRAREM.

Mas o correio só abria das três às cinco da tarde, e eles saberiam de onde o telegrama tinha sido enviado. Iriam procurá-lo ali e o levariam à força para Paris.

Havia algumas mesas postas em frente ao café, e ele se sentou a uma delas. Depois daqueles meses de incerteza, planejou passar longa temporada naquela cidadezinha e pegar o ônibus, de vez em quando, para tomar banho nas praias do golfo.

Tinha trazido na maleta um bloco de papel de carta. No início de uma tarde de muito calor, sentado a uma das mesas do café da pracinha, à sombra, escreveu uma primeira frase, que talvez fosse de um romance. Depois redigiu algumas notas, ao acaso. Gostaria de descrever o que vivera nos últimos tempos. Ao cabo de quinze anos, lembranças da infância que tínhamos esquecido nos voltam, e somos amnésicos que recuperam um pouco de memória. Isso devemos a certas pessoas que não sabíamos existir e que nos procuravam porque sabiam que quinze anos antes tínhamos testemunhado alguma coisa. Quinze anos já é muito, e tempo suficiente para que outras testemunhas desapareçam. Mas aquelas pessoas que precisam de nosso testemunho não têm as mesmas razões que nós para partir em busca do tempo perdido. Há entre aqueles "imbecis" e nós certo mal-entendido. E não podemos realmente nos entender com eles e lhes servir de guia, ainda que nós e eles tenhamos enveredado pelas mesmas pistas do passado.

Uma manhã, bem cedo, ele pegou o primeiro ônibus que ia para o golfo e desceu em La Foux. Depois andou pela estrada das praias e logo desembocou na praia de Pampelonne.

Naquele início distante de julho, a praia ainda estava deserta àquela hora. Ele tomou banho e deitou-se na areia, perto de uma fileira de cabanas de bambu e de algumas mesas, cada uma abrigada por um guarda-sol. De uma cabana maior, que funcionava como bar, saiu um homem que caminhou em sua direção, um homem de uns cinquenta anos, vestindo camisa havaiana e calção vermelho.

Ele passou pela frente, encarando-o, e Bosmans acreditou que ele seguiria caminho. Mas, depois de alguns passos, ele se virou e voltou em sua direção.

— Está boa?

— Muito boa.

— É a melhor hora para tomar banho.

Ele franzira a testa.

— Mas eu o conheço... Nós estivemos juntos com Camille Lucas...

E Bosmans o reconheceu também. Um homem que Camille lhe apresentara com o nome de "doutor Robbes" e com quem eles tinham almoçado duas ou três vezes no Wepler. Ele os convidara para ir à sua casa, numa ruazinha que desembocava no bosque de Boulogne. Bosmans hesitou por um momento. Gostaria de cortar a conversa dizendo: "Não, o senhor está enganado"; mas teve escrúpulos em mentir. Aquele homem, nas vezes que se encontraram, parecia exercer boa influência sobre Camille. Homem muito cortês, que se vestia com sobriedade e tinha feições tranquilizadoras de tabelião, farmacêutico do interior ou mesmo professor universitário. Ele não tinha entendido muito bem em que circunstâncias Camille o conhecera, mas certamente não no círculo de Michel de Gama, René-Marco Heriford ou Philippe Hayward.

— Doutor Robbes?

— Sim.

Claro, a camisa havaiana e o calção vermelho lhe davam um aspecto diferente daquela discrição que ele tinha em Paris.

Bosmans levantara-se para lhe apertar a mão.

— E Camille?

— Está em Paris, mas logo virá ficar comigo.

Por que dissera aquilo?

— Eu adoraria vê-la. Venha almoçar conosco quando quiser. Qualquer dia por volta de uma hora. Com Camille ou sozinho. Ali, está vendo?

E apontava para a fileira de cabanas de bambu e de mesas.

Apertava-lhe a mão e afastava-se em direção às cabanas. Depois de alguns metros, virou-se:

— É bom aqui, não? Conhece o verso de Rimbaud: "Vem, os vinhos vão às praias"...?

E fez-lhe um largo aceno com o braço.

"Venha almoçar conosco." Bosmans se perguntou o que ele quisera dizer com esse "conosco". Os amigos dele? E lamentou que Camille não estivesse naquela praia, com a perspectiva de almoçarem "qualquer dia à uma hora" em companhia do doutor Robbes. E de lhe falar de Rimbaud.

Ele não sabia bem quais eram as relações exatas de Camille com o doutor Robbes. Ela lhe contara que o doutor Robbes "prestava serviço a muitas pessoas". Dava-lhe prescrições de um medicamento que devia corrigir os efeitos nocivos das pílulas que ela pegava nas caixinhas cor-de-rosa — pelo menos era o que ele tinha entendido. E Camille chamava de "panaché" a mistura daquele medicamento com aquelas pílulas.

E onde ela conhecera o doutor Robbes? No laboratório farmacêutico que ele dirigia, quando ela trabalhava na sua contabilidade, dizia ela.

Ele saiu da praia no início da tarde, hora em que os veranistas chegavam em número cada vez maior. Seguiu o mesmo caminho em direção inversa até La Foux, onde esperou o ônibus que o levaria de volta à cidadezinha.

Não, não era muito prudente tomar banho de mar em Pampelonne e rever o doutor Robbes. Nem Camille, aliás. Não tinha suficiente confiança nela para lhe dizer que fosse ficar com ele ali. Ela podia avisar os outros. Mas havia praias tranquilas e secretas no golfo, onde era possível deixar-se levar para o coração do verão, a salvo de tudo.

De manhã, na cidadezinha, continuava escrevendo seu livro, no quarto ou lá fora, numa das mesas do café. O livro tinha um título provisório: *O escuro do verão*. Na verdade, havia um contraste entre a luz do Sul e a das ruas de Paris, onde circulavam as personagens sombrias que ele conhecera. À medida que as páginas avançavam, ele as fazia resvalar para um mundo paralelo, no qual não tinha mais nada que temer da parte delas. Ele fora apenas um espectador noturno que acabava por escrever tudo o que tinha visto, adivinhado ou imaginado ao redor.

Ficava pensando se poderia ter começado seu livro em Paris, no quarto do quai de la Tournelle. Teria sido difícil, sob a ameaça constante daqueles três "imbecis", cuja última imagem o assombrava: os três, reunidos atrás do vidro, à noite, e um deles perseguindo-o até a estação de metrô.

Ele gostaria de ter ficado no Sul até o fim do verão para escrever em páginas brancas com sua caneta de tinta azul. Aquele sol e aquela luz permitiam-lhe ver mais claro e não se perder, como em Paris. Mas o dinheiro havia acabado.

Ficou tentado a voltar à praia de Pampelonne e encontrar o doutor Robbes. Explicaria sua situação, e talvez aquele homem o ajudasse a ficar mais tempo na região. Logo desistiu dessa ideia. Era preciso se virar sem apoio de ninguém, e a solidão era a condição necessária para terminar seu livro. Temia que o doutor Robbes falasse de Camille e propusesse chamá-la, o que ele queria evitar, sabendo muito bem que a presença de Camille podia levá-lo de volta à sua antiga vida.

Pegou um trem para Paris depois do 15 de agosto. O trem saía bem cedo, e, ao contrário da vinda, metade das cabines estava vazia. À noite, na gare de Lyon, assim que pôs os pés na plataforma, teve a impressão de que chegava pela primeira vez a uma cidade que ele conhecia em todas as suas mínimas ruas. Quase terminara seu livro, e naquele livro ele se livrara de todo o peso e escuridão dos últimos anos.

Restavam-lhe vinte cêntimos, o que não era suficiente para uma passagem de metrô, mas contribuía para a sensação de leveza que o invadia. Atravessou o Sena e, pela avenue d'Italie, chegou aos bairros do sul. De vez em quando, sentava-se num banco e olhava, ao redor, os transeuntes, as fachadas dos prédios e os raros carros que circulavam.

Caminhou até a rue de la Voie-Verte, depois do parque Montsouris e da Tombe-Issoire, e lá entrou num hotelzinho onde já se hospedara. Encontrou o velho elevador, e o quarto se parecia muito com o que ele ocupara na cidadezinha de Maures. Quando abriu a janela e as venezianas verdes por causa do calor, a noite de agosto era a mesma em Paris e lá.

Na manhã seguinte, levantou-se cedo. No dia anterior, guardando as roupas no armário estreito do quarto, ele tinha descoberto, no fundo de um bolso de uma calça, uma nota de cinco francos. Pegou o metrô e desceu na estação Franklin-Roosevelt.

Usava no pulso, desde o ano anterior, um relógio de algum valor, encontrado na gaveta da mesa de cabeceira de um quarto do hotel Roma, na rue Caulaincourt. Era o inverno em que conhecera Camille Lucas, vulgo "Caveira". Seria influência dela? Mas ele não entregara o relógio na recepção e tinha ficado com ele.

Antes de entrar na casa de penhores da rue Pierre-Charron, aonde tinha ido com Camille duas ou três vezes — ela depositava bijuterias e sempre ficava desapontada com a quantia que recebia em troca —, tirou o relógio do pulso. No guichê, recebeu quatrocentos francos. Um ano depois, quando seu livro foi publicado, ele se dirigiu novamente à rue Pierre-Charron para pegar o relógio de volta e levá-lo ao hotel Roma, onde provavelmente se saberia o nome do hóspede que o perdera, mas era tarde demais. O prazo tinha vencido algumas semanas antes. Cinquenta anos depois, ele ainda sentia remorsos, pois aquele relógio roubado e perdido lhe lembrava o jovem estranho que havia sido.

Ele estava terminando o livro no quarto de hotel na rue de la Voie-Verte e não saía do bairro. Aquela Paris vazia e sonolenta do mês de agosto harmonizava-se com seu estado de espírito, como as praias escondidas que ele descobrira em julho. Gostaria que o verão nunca terminasse; continuaria a escrever no calor e na solidão.

Era mesmo solidão? De manhã bem cedo e à noite, ele caminhava por uma daquelas áreas: Tombe-Issoire, Montsouris, rue Gazan, avenue Reille, onde era possível sentir o verão em Paris a ponto de acabar-se numa fusão com ele, e já não cabia falar em solidão. Bastava simplesmente deixar-se flutuar ao sabor das ruas.

Uma noite, caminhando ao longo do parque Montsouris, entrou numa cabine telefônica e discou o número do hotel do quai de la Tournelle. Estava telefonando de uma ilha perdida no fundo do verão.

— Gostaria de falar com a senhorita Lucas.

— Com quem? Repita o nome, senhor.

Era surpreendente que a voz de seu interlocutor fosse tão clara, vindo de tão longe. Ele repetiu o nome.

— Não temos notícias dela. Há um mês. Ela nem avisou que ia embora.

O homem desligou. Era previsível. Estava na ordem das coisas. Desde que pegara o trem no dia 1º de julho rumo ao Sul, tinha certeza de que, depois daquele verão, para ele nada seria como antes. E essa certeza era ainda mais forte quando voltou. O verão tinha apagado todos os meses anteriores, assim como uma foto exposta ao sol se vela aos poucos. A cidade que ele reencontrava dava-lhe uma impressão de ausência e espera, ou melhor, de tempo suspenso. Ele se livrara de um peso que acreditava estar condenado a carregar nos ombros por toda a vida.

Ele havia telefonado várias vezes para o apartamento de Auteuil, mas ninguém atendia. Onde estariam Kim e o menino? E foi na mesma cabine, à beira do parque Montsouris e sob as sombras das árvores, que, num fim de tarde, ele discou o número do hotel Chatham.

— Gostaria de falar com o senhor Michel de Gama.

— Qual o número do quarto, senhor?

A voz do homem era gentil e até aveludada.

— Ele não tem número de quarto. Ele faz parte da direção.

— Da direção? Não estou entendendo, senhor.

O tom era mais seco.

— Quero dizer que na direção desse hotel ele é sócio do senhor Guy Vincent.

— Sócio? Espere um momento, vou passar para o diretor.

Ele esperou alguns minutos, durante os quais teve vontade de desligar. Ao entrar na cabine telefônica, tivera o vago pressentimento de que lhe responderiam desse modo, e, para ter a confirmação, tinha discado aquele número.

— O senhor quer exatamente o quê?

O homem tinha uma voz mais grave que a anterior com sotaque do Sudoeste.

— Gostaria de falar com Michel de Gama, um dos diretores do hotel com o senhor Guy Vincent.

— Está brincando. Não conheço absolutamente esses dois indivíduos. O único diretor do hotel sou eu.

— Tem certeza de que não conhece Michel de Gama? Isso me deixa bem surpreso. Tenho a impressão de que o senhor está me escondendo alguma coisa.

— De jeito nenhum, senhor. Até logo, senhor.

E o homem desligou.

Bosmans saiu da cabine telefônica e caminhou ao longo do boulevard Jourdan. Era exatamente o que ele havia previsto, e não conseguiu reprimir uma gargalhada, o que o teria surpreendido alguns meses antes. Lembrou-se do café de Saint-Lazare onde Camille e ele se encontravam com Michel de Gama. E da "sala de Guy Vincent", que, decididamente, não passava de um cenário do museu Grévin. E de sua apreensão — ou melhor, de seu medo — na noite em que Michel de Gama o perseguira na porte d'Auteuil. E agora ninguém mais conhecia aquele homem.

Era um entardecer de agosto, mais fresco do que na véspera, com tão pouco trânsito que se ouvia o farfalhar da folhagem. Caminhava ao longo da Cidade Universitária. Os estudantes deviam estar de férias, e os prédios e gramados, desertos, ao sol. Deu meia-volta e seguiu pela rue Gazan.

O Pavillon du Lac estava aberto, e ele se sentou a uma mesa, do lado de fora. Era o único freguês. Da parte de baixo de uma aleia do parque Montsouris subiam vozes e gritos de crianças. As pessoas com as quais ele convivera durante o inverno e a primavera daquele ano pareciam agora tão distantes, sombras que se perdiam no horizonte... Com exceção das duas tardes em que ele tinha tocado a campainha da porta do apartamento de Auteuil e Kim abrira, as ruas de Paris daqueles meses também continuariam sendo para ele cinzentas e escuras, por causa de seu livro, no qual aquelas pessoas lhe haviam servido de inspiração. Ele lhes roubara a vida e até os nomes, e elas só existiriam entre as páginas daquele livro. Na realidade e nas calçadas de

Paris, já não restava nenhuma possibilidade de reencontrá-las. Além disso, o verão chegara, verão como ele não conhecera outro antes, verão de luz tão límpida e ardente que aqueles fantasmas tinham acabado por evaporar-se.

Ele ligou para o centro de informações, querendo descobrir o número de telefone da casa da rue du Docteur-Kurzenne. O mesmo número da época de Rose-Marie Krawell e Guy Vincent? Sonhou por um instante que ouviria um deles "na outra ponta da linha", como se dizia na época. Afinal, sempre se poderia sonhar com uma linha poupada pelo tempo, que permitisse entrar em contato com aqueles cujas pistas estivessem perdidas.

Os toques se sucediam e ninguém atendia. Será que o telefone continuava no quarto grande do primeiro andar, onde ele tinha ouvido Rose-Marie Krawell dizer "Guy acaba de sair da prisão"? Quando Guy Vincent ocupava aquele quarto, Bosmans notara que o telefone tocava muitas vezes e, sempre que Guy Vincent atendia, a conversa era curta. Ele não precisava falar muito para se fazer entender. Uma tarde de domingo, quando ambos estavam sozinhos na casa, Guy Vincent lhe dissera: "Se o telefone tocar, você atende e explica que estou em Paris."

E tinha acrescentado, como se de repente se arrependesse de ter pedido esse favor: "Olhe, não é mentira, é uma brincadeira que eu costumo fazer com os amigos...", mas, no final, Guy Vincent não o obrigara a mentir, pois naquele dia o telefone não tinha tocado.

Ligou novamente para o número da casa da rue du Docteur-Kurzenne no final da tarde:

— Alô... Quem é?

Dessa vez, tinham atendido bem depressa. Voz de homem, grave. Bosmans foi tomado de surpresa. Continuava em silêncio.

— Está ouvindo?

Ele então disse com voz mortiça:

— Eu gostaria de falar com Martine Hayward.

E o simples fato de pronunciar esse nome mergulhava-o de novo na escuridão e na incerteza dos meses anteriores.

— É engano. Aqui não há ninguém com esse nome.

Ele ficou aliviado com essa resposta.

— Eu achava que essa pessoa tinha alugado a casa.

— Nada disso, senhor. Ela nunca foi alugada. Está à venda há um ano.

— Mas é que eu acompanhei essa pessoa uns meses atrás numa visita à casa. Com uma senhora da imobiliária.

Falara com voz clara e firme. Ele mesmo ficou surpreso.

—Imobiliária? Qual, senhor? Não é a nossa, em todo caso. Eu sou a única pessoa que cuida desse negócio.

Ele não sabia o que responder. Tinha uma frase em mente: "A mulher da imobiliária estava de blusa preta"; a única indicação que poderia dar, o único detalhe que restaria daquela desconhecida até o fim dos tempos. Mas temia que seu interlocutor achasse que era trote e desligasse imediatamente.

— O contrato de locação tinha o nome da proprietária, Rose-Marie Krawell. Eu conheci a senhora Krawell muito tempo atrás.

Silêncio. Depois:

— O senhor conhecia a senhora Krawell?

A voz do interlocutor tinha mudado de entonação. Exprimia espanto.

—Conheci. Eu até morei nessa casa. No tempo em que a senhora Krawell também morava aí. Quinze anos atrás.

Mais uma vez, silêncio.

— É muito interessante o que o senhor está dizendo... Minha imobiliária me encarregou de cuidar desta casa... E não é fácil...

Seu interlocutor estava a ponto de fazer confidências. Talvez algumas palavras fossem suficientes para encorajá-lo a falar.

— Não é fácil? Não é de admirar... A senhora Krawell era uma pessoa muito especial.

— Não duvido. Ela deixou um espólio muito confuso.

— É mesmo?

— Estamos tentando há meses esclarecer as coisas. Mas essa pessoa estava cercada de maus elementos. O processo é trabalhoso. Confesso que às vezes desanimo.

— O senhor disse "maus elementos". Diga alguns nomes, isso pode me ajudar a lhe dar algumas informações.

— Posso confiar no senhor?

O processo devia ser bem trabalhoso para ele fazer essa pergunta de forma tão espontânea, como aquelas pessoas que nos pedem ajuda sem nos conhecer.

— Um certo senhor Heriford complicou as coisas... Ele e dois amigos dele.

— René-Marco Heriford?

— Exatamente. O senhor conhece?

— Um pouco. E acho que adivinho quem são os outros dois: um certo de Gama e um sujeito chamado Philippe Hayward.

Enquanto pronunciava seus nomes, Bosmans teve dúvida sobre a existência real deles, por causa do romance que acabava de terminar, no qual esses três indivíduos apareciam em segundo plano.

— Isso... Exatamente. Heriford, Hayward e de Gama. Estou vendo que conhece a documentação. Seu nome, senhor?

Essa pergunta o surpreendeu e despertou sua desconfiança. Desse modo, havia o risco de tudo recomeçar como nos meses anteriores. Armavam-lhe de novo uma cilada. Ele imaginou Michel de Gama com a orelha colada ao fone, e os outros dois atrás do corretor imobiliário, que estaria sentado numa das poltronas do quarto grande. E de Gama indicando em voz baixa ao homem o que ele deveria dizer no telefone para atraí-lo àquela casa.

— Meu nome é Jean Bosmans.

Tinha pronunciado essa frase em tom desafiador. Sua vontade era acrescentar: "O senhor deixe claro aos outros três que estão ao seu lado que não contem comigo para lhes mostrar o lugar onde Guy Vincent escondeu o tesouro." Mas tão ultrapassada lhe pareceu a frase, tão distante o passado que ela evocava, que ele ficou calado.

— Sim, senhor, como eu lhe dizia, uma situação muito complicada... Heriford alegou ser afilhado da senhora Krawell e seu único herdeiro. Parece que ele desviou muito dinheiro de sua pretensa madrinha e até falsificou muitos de seus documentos...

Ele falava cada vez mais depressa. Decerto queria se livrar de uma vez por todas daquele "processo trabalhoso".

— A casa está sob sequestro; um apartamento de propriedade da senhora Krawell em Auteuil também. E estamos esperando o julgamento... Heriford e os dois amigos desapareceram.

Ele já desconfiava, mas mesmo assim era estranho: desaparecidos no exato momento em que ele terminava seu livro. E Kim e o menino?

— Ela estava de fato cercada por maus elementos, essa senhora Krawell. E o senhor entende que isso complica nosso trabalho.

O homem estava cada vez mais falante, como se tivesse guardado todas aquelas coisas para ele há muitíssimo tempo, mas aos poucos sua voz ia ficando inaudível. Bosmans desligou. A gente se cansa de tudo. E naquela manhã ele tinha escrito a palavra "Fim" na página 203 de seu livro. Saiu do hotel e caminhou em direção ao boulevard Jourdan. Já não era o mesmo. Enquanto escrevia o livro e as páginas se sucediam, um período de sua vida se dissolvia, ou melhor, se absorvia naquelas páginas como num mata-borrão.

Desaparecidos: essa era a palavra usada por seu interlocutor no telefone. Sim, desaparecidos: "Heriford e os dois amigos desapareceram."

Ele não conseguia parar de repetir essa frase e tinha vontade de rir. Pensando bem, a maioria das pessoas que ele conhecera nos últimos quinze anos havia desaparecido: Guy Vincent, Rose-Marie Krawell, tantos outros, e bastara um verão para desaparecerem também, de súbito, Heriford, de Gama, Philippe e Martine Hayward, Camille Lucas, vulgo "Caveira"... Em suma, todos os fantasmas nos quais ele se inspirara para escrever seu livro.

Tratava-se de encontros fugazes e arriscados, de modo que ele não tivera tempo de saber muita coisa sobre aquelas pessoas, que permaneceriam envoltas em certo mistério, a tal ponto que Bosmans acabava por se perguntar se não eram seres imaginários.

Nos anos seguintes, ele recebera detalhes que desconhecia sobre algumas personagens de seus romances, por causa dos nomes. Isso provava que entre a vida real e a ficção as fronteiras são confusas. Por exemplo, um inspetor da chamada Brigada Mundana* lhe escrevera dizendo que era leitor de seus livros e, em arquivos da polícia, encontrara indícios, precisamente, de René-Marco Heriford e seus dois amigos, Michel de Gama e Philippe Hayward.

---

* *Brigade mondaine*, antigo nome (1901-1975) de um corpo de repressão ao lenocínio. (*N. da T.*)

Verdade seja dita, muito pouca coisa. Três rapazes que, na primavera e no verão de 1944, frequentavam cafés em torno da estação Saint-Lazare e haviam sido detidos por motivo de "diversos ilícitos". Algumas linhas do registro da delegacia de Saint-Lazare mencionavam seus nomes. E uma ficha ulterior, esta do Serviço de Inteligência da Polícia Nacional, indicava que, em setembro de 1944, tinham sido localizados "certo capitão Heriford, cuja verdadeira identidade não é conhecida, vestindo farda de oficial americano, apesar da pouca idade, e seus amigos, Michel Degamat, vulgo 'Renato Gama', e Philippe Hayward, com uniforme das Forças Francesas do Interior. Esses três indivíduos já tinham passagens pela polícia. O pretenso Heriford estava hospedado no nº 18 da rue Saint-Simon (8º *arrondissement*), na casa de certa senhora Cholet, sua amante, que tinha uma 'loja de antiguidades' lá." Sim, pouquíssima coisa. E tais detalhes, apesar da aparente precisão, bastariam para provar que aqueles três indivíduos haviam de fato existido?

Desaparecidos. Deles só restavam vestígios quase apagados em seu livro. Ele caminhava ao longo do boulevard Jourdan, ainda mais leve do que quando voltara a Paris, dez dias antes. Ia ladeando o parque Montsouris, passando diante da estação da linha de Sceaux, do café Babel, notando que este estava mais movimentado do que nos dias anteriores. Decerto por causa da volta às aulas dos habitantes da Cidade Universitária. Não se lembrava de antes ter respirado tão profundamente. Se começasse a correr, manteria um fôlego constante por centenas e centenas de metros, ele que tantas vezes tinha ficado sem fôlego nos últimos anos.

Em frente ao Grand Garage do parque Montsouris estava estacionado um conversível de marca inglesa. Ele teve vontade de entrar no carro e arrancar sem chave de ignição, como um colega lhe ensinara quando ele tinha dezessete anos.

Na porte d'Orléans, sentou-se à mesa externa de um café. Terminara seu livro e teve, pela primeira vez, a estranha sensação de sair da prisão depois de anos de reclusão. Imaginou um homem para quem se abriam, numa manhã ensolarada de agosto, as portas da penitenciária. Ele atravessava a rua, entrava no café em frente à prisão, sentava-se a uma mesa, e Bosmans ouvia de novo a frasezinha que surpreendera na infância e que o perseguiria por toda a vida: "Guy acaba de sair da prisão."

Depois de alguns segundos de hesitação e ainda pensando nesse homem, disse ao garçom que o atendia:

— Dois chopes. E os dois sem colarinho, por favor.

Trinta anos depois, numa tarde de primavera, ele tinha ido à prefeitura de Boulogne-Billancourt pegar uma certidão de nascimento de que precisava para renovar o passaporte. Ao sair da prefeitura, decidiu caminhar até a porte d'Auteuil.

Lá, atravessando a avenida, viu à sua frente o terraço envidraçado do restaurante Murat. Voltou-lhe à memória aquela noite em que, no mesmo lugar, atrás do vidro, estavam sentados à mesma mesa Michel de Gama, René-Marco Heriford e Philippe Hayward; depois, a imagem de Michel de Gama a persegui-lo até a estação de metrô. Fazia muitíssimos anos que não pensava neles nem naquela época em que os conhecera, período tão distante, que lhe parecia ter sido vivido por outro.

De repente, viu-se numa rua aonde nunca tinha voltado. Parou diante do prédio em cuja porta havia deixado Martine Hayward trinta anos antes. Nunca mais tivera notícias dela nem dos outros. A não ser de René-Marco

Heriford, que ele tinha visto quinze anos antes no Wimpy da Champs-Élysées. Sentara-se ao seu lado sem lhe dirigir a palavra. E notara aquele relógio em seu pulso, o mesmo "relógio do Exército americano" cujos mecanismos um desconhecido lhe revelara na infância, desconhecido que era — ele agora tinha certeza — o próprio Heriford.

Entrou no prédio e bateu à porta de vidro do porteiro. A porta se entreabriu, revelando o rosto de um homem de uns trinta anos.

— Pois não, senhor.

— Só uma informação: o senhor Heriford ainda mora no terceiro andar?

— O apartamento está para alugar há seis meses.

E como aquele homem poderia saber o nome de Heriford? Não tinha nascido naquela época.

— Para alugar?

Ele tinha dito isso num tom tão vívido, que o outro parecia surpreso.

— Está interessado? Gostaria de ver o apartamento?

— Claro que sim.

O porteiro empurrou uma das folhas de vidro do elevador para dar passagem a Bosmans e apertou o botão do terceiro andar.

O elevador subia tão devagar quanto trinta anos antes.

— Um elevador dos antigos — disse Bosmans.

— Sim. Dos antigos — repetiu o porteiro sem parecer entender o que significava aquela expressão. Bosmans se perguntava que fim poderiam ter levado, depois de todos aqueles anos, Kim e o menino. E experimentou tal sensação de vazio, que teve a impressão de que o elevador parava.

Mas, quando chegaram ao patamar do terceiro andar e o porteiro tirou a chave do bolso e a enfiou na fechadura, Bosmans pôs a mão em seu ombro.

— Não... Desculpe... Não vale a pena...

E, antes mesmo que o outro se virasse, ele descia correndo pelas escadas.

Na noite seguinte, teve um sonho bem comprido. Descia correndo de novo as escadas do apartamento de Auteuil depois de deixar o porteiro no patamar, como fizera no dia anterior. A seguir, subia num carro estacionado em frente ao prédio, o de Martine Hayward. A chave de contato tinha ficado no painel. Seguia o mesmo itinerário de trinta anos antes com Camille e Martine Hayward e depois apenas com Martine Hayward.

Logo sentiu que tinha atravessado uma fronteira e chegado ao vale de Chevreuse. Não era por causa da paisagem familiar e daquele frescor do ar que nos invade de repente. Mas porque entrava numa zona em que o tempo estava suspenso, e, aliás, verificou esse fato quando percebeu que os ponteiros de seu relógio estavam parados.

À medida que avançava na estrada, tinha a impressão de ter voltado ao coração daquelas intermináveis tardes de verão da infância, quando o tempo não estava suspenso, mas simplesmente imóvel, e quando era possível passar horas a olhar a formiga girar em arrancadas sobre o parapeito do poço.

Depois de Chevreuse, teve a tentação de tomar a grande estrada vicinal que levava à pousada Moulin-de-Vert-Cœur, mas desistiu. A pousada devia ter sido invadida pela vegetação da floresta. Principalmente o quarto 16.

Mais alguns quilômetros. A distância pareceu-lhe menor. Tinha já deixado para trás a prefeitura da cidadezinha e a passagem de nível. Depois do jardim público que margeava a estrada de ferro, ele notou que as janelas da estaçãozinha estavam fechadas.

Parou o carro na rue du Docteur-Kurzenne. Estava decidido a entrar na casa. O que poderia temer depois de trinta anos? Tocou a campainha. Quem abria era Kim, como fazia trinta anos antes, quando ele tocava a campainha do apartamento de Auteuil. Continuava a mesma. Sorria e mantinha-se em silêncio, como aquelas pessoas que conhecemos no passado, mas nunca mais revemos na vida. A não ser em sonhos. Ele perguntava onde estava a criança, mas ela não respondia.

Ele subia depressa as escadas. Queria evitar o primeiro andar, o de seu antigo quarto e do ocupado por Rose-Marie Krawell ou Guy Vincent quando estavam de passagem pela casa.

Ia diretamente para o segundo andar e entrava no quarto com lucarna. Uma parede, ainda branca e lisa, mesmo no exato lugar onde tinham feito um buraco e, depois, obras de alvenaria. Aquele lugar agora era conhecido apenas por ele. E o tesouro de Guy Vincent continuaria atrás da parede, enterrado para toda a eternidade. Barras de ouro que não passavam de chumbo se a superfície fosse raspada. Malotes postais cheios de maços de notas da época do mercado negro, vencidas. Velhas caixas de cigarros americanos, daquilo que tinha recebido o nome de "tráfico de loiras"*

Ele olhava pela lucarna. Acolá, os galhos mais altos de um álamo balançavam suavemente, e a árvore lhe fazia um sinal. Um avião deslizava em silêncio pelo azul do céu e deixava atrás de si um rastro branco, mas não se sabia se estava perdido, se vinha do passado ou se para ele retornava.

---

* Referência ao cigarro americano, feito com um tabaco claro (*blond* = loiro). A palavra *cigarette* é feminina. (*N. da T.*)

Este livro foi composto na tipografia Versailles LT Std, em corpo 11/16,5, e impresso em papel off-white no Sistema Digital Instant Duplex da Divisão Gráfica da Distribuidora Record.